Cornelia Vospernik
Genosse Wang fragt

Cornelia Vospernik

Genosse Wang fragt

Roman

K&S

Das ist ein fiktionales Werk. Die Handlung und die Personen dieser Geschichte sind frei erfunden. Jede Ähnlichkeit mit tatsächlichen Personen oder tatsächlichen Ereignissen ist unbeabsichtigt und zufällig.

www.kremayr-scheriau.at

ISBN 978-3-218-00848-8

Schutzumschlaggestaltung: Kurt Hamtil, Wien
unter Verwendung eines Gemäldes von Elisabeth Vospernik
Typografische Gestaltung: Ekke Wolf, typic.at
Druck und Bindung: Druckerei Theiss GmbH, St. Stefan i. Lavanttal

Für Johnny und Peking

1.

HEUTE WÜRDE ER ES TUN. Es konnte keinen Zweifel mehr daran geben. Und auch keinen mangelnden Mut. Und keine Ausreden mehr. Die Zeit war gekommen. Genosse Wang fühlte nur selten Anflüge solcher Sicherheit. Er wusste, wie kurz und flüchtig diese waren, und hatte begriffen, dass man solche Gelegenheiten ergreifen muss, wenn sie sich bieten. Mehr als das, man musste sie festhalten und augenblicklich umsetzen, woran man seit Langem dachte. An dem, was er nun vorhatte, arbeitete er seit Jahren, seit all den Jahren, in denen er schon für das *Volksblatt* schrieb. All die Jahre hatte er einen Vorsatz gehabt und strebte nach dieser einen Sache, die ihn nicht losließ. Aber Wang hatte nie den Mut aufgebracht, zur Tat zu schreiten. Nun aber war ihm, als fiele für Sekunden alle Schwere von ihm ab, als würde alles ganz klar. Alles, was er jetzt noch tun musste, war zu versuchen, aus diesen Sekunden Stunden zu machen. Denn zu tun, was er wollte, würde heute noch Gelegenheit sein. Und es war das Schwerste, was er sich je vorgenommen hatte.

Der Journalist Genosse Wang würde eine Frage stellen.

Endlich. Einfach so. Eine richtige Frage. Nicht mehr als das. Nicht weniger als das. Eindeutig. Er konnte es und sich schon genau vor sich sehen. Er hatte es schon so oft im Kopf durchgespielt.

Er würde aufstehen, langsam, aber bestimmt, er würde den Arm heben, nicht zu schnell, aber auch nicht zu zurückhaltend, er würde den Bauch einziehen und den Brustkorb nach vorne strecken, um sich selbst Mut zu machen und um größer zu erscheinen, er würde tief Luft holen, und dann würde er fragen. Er würde eine richtige Frage stellen. Ganz so wie ein echter Journalist. Aus seinem Mund würde sich ein Schwall an Worten ergießen, der nur deshalb ein Schwall wäre, weil seine Frage ihre Zeit in Anspruch nehmen würde, und nicht etwa deshalb, weil er sich in Details oder gar den Faden verlieren würde. Genosse Wang hatte an dieser Frage zu lange gefeilt, um das zu riskieren, und sie war auch zu wichtig, um in ihr den Faden zu verlieren oder gar nur ein Wort. Obwohl, nicht jedes Wort, das sich Genosse Wang zurechtgelegt hatte, schien präzise genug zu sein für sein großes Vorhaben. Nicht alles schien auf dem Punkt. Das machte ihn ängstlich und es machte ihn auch wütend. Wie nur konnte er, belesen und fleißig wie er war, ein Wort vermissen oder gar zwei? Wie war es möglich, dass er noch immer nicht alle Worte hatte? Nicht für diese eine Frage und nicht für all die anderen, die sich ihm stellen mussten, unweigerlich, früher oder später. Er hatte die Frage noch immer nicht, nach all der Zeit, die er damit verbracht hatte, an dieser Frage zu arbeiten. Nächtelang hatte er an ihr gefeilt. Und selbst wenn er nicht an ihr gefeilt hatte, war er wach gelegen, weil ihn die Ahnung, dass es das Wort doch irgendwo geben müsse, nicht schlafen ließ. Tagelang war er abwesend gewesen, weil die Suche nach dem Wort so von ihm Besitz ergriffen hatte, wie es bei seinen Kollegen nur Frauen und die Ahnung von ihren Körpern zu tun vermochten. Es hatte nicht geholfen. Genosse Wang war an der perfekten Frage fast verzweifelt. Er hatte über der perfekten Frage Stempel falsch aufgedrückt und Tinte vergossen. Er hatte Akten vergessen und sich die Rüge seines Chefs dafür eingeholt. Er hatte fehlerhafte Manuskripte abgegeben, so wie das nie vorgekommen war. Genosse Wang hatte Angst, über der Suche nach dem Wort für diese Frage verrückt zu werden. Nicht fragen zu können, hatte ihn verrückt gemacht. Ein Wort nicht zu finden, ließ ihn verzweifeln. Aber mehr als die Angst vor der verzweifelten Verrücktheit quälte ihn die für ihn unumstößliche Wahrheit, dass sein unaufhaltbar näher kommender Wahnsinn für jeden und immer sichtbar war. Er schämte sich für den Wahnsinn, der noch gar nicht gekommen war. Er schämte sich dafür, dass die anderen diesen Wahnsinn, gegen den er noch entschlossen anzukämpfen versuchte, gegen den er sich mit aller Kraft und allen Mitteln stellte, schon als gegeben ansehen würden. In seiner Vorstellung konnte er sie hinter seinem Rücken schon tuscheln hören über den grausamen Wahnsinn, der vom fleißigen Genossen Besitz ergriffen hatte, über den unweigerlichen Verfall dieses klugen Mannes, der nie anders aufgefallen war als durch zuverlässige Arbeit. Er konnte sie kichern hören. Er sah ihre spöttischen Gesichter und den kleinsten Anflug von Mitleid nur in den unwichtigsten Mitarbeiterinnen. Genossin Zhang, die ihm, ohne dazu aufgefordert zu werden, immer heißes Wasser in seine Tasse nachgoss und seine Akten mit der unaufdringlichen Perfektion einer wahrhaft guten Seele in Ordnung hielt, würde er sicher leidtun. Zumindest einen Augenblick lang. Aber auch Genossin Zhang würde nicht aussprechen, was offensichtlich wäre: dass hinter seinem ruhigen Gesicht der Wahnsinn tobte und er verrückt geworden war. Selbst Zhang würde sich abwenden. Jeder würde ihn meiden. Das durfte er seinen Ahnen nicht antun. Seine Asche würde wertlos, sein derzeitiges Leben keines, das ihn auf der Suche nach Vollkommenheit eine Stufe höher brächte, daher musste er sich dagegen stemmen. Denn er wusste, wenn er das nicht täte, würde eintreffen, was die Tuschelnden und Kichernden schon jetzt als gegeben ansahen: Genosse Wang würde wirklich durchdrehen. Irgendwann würde er aus Verzweiflung wegen der Unerreichbarkeit der Frage mit dem Kopf gegen eine Wand rennen, er würde sich die Stirn blutig schlagen an dem fehlenden Wort und an sich selbst, wenn er nicht endlich etwas täte. Er musste den Wahnsinn abwenden, nicht nur, weil er eine Schande war, sondern weil er nicht nachvollziehbar war. Wenn schon verrückt werden, dann aus einem erklärbaren Grund, dachte Genosse Wang, aber nicht so. Wie sollte er erklären, dass ihn nicht eine Frau, nicht seine Mutter, nicht der Alkohol und auch nicht die Unerreichbarkeit eines Kleinwagens chinesischer Bauart verrückt werden ließen, sondern allein die Möglichkeit der Frage und in ihr ein Wort? Wer sich mit der Suche nach einem Wort verteidigt, ist verdächtig. Und Verdächtigen, deren Motive nicht nachvollziehbar sind, kann nur eines blühen: Genauso wie die anderen nicht nachvollziehbar Sprechenden oder Schweigenden würde er wegen Subversion in Haft genommen werden. Und wer die Suche nach dem Wort oder gar das Wort selbst, so es denn doch gefunden würde, mitteilt, würde wegen Anstiftung zur Untergrabung der Staatsgewalt in Haft kommen. Das war das Los, das ihm blühen musste, so er es nicht endlich tat. Genosse Wang sah sich schon in einer finsteren Zelle, nach einem kurzen Prozess. Man würde ihm nicht die Milde der Umerziehung durch Arbeit angedeihen lassen, die das geringere Übel war, weil sie nicht in eine Vorstrafe mündete. Genosse Wang würde nicht die Ehre zuteil werden, in einem Umerziehungslager einen neuen Beruf zu erlernen und mit der Beschäftigung mit seinen Händen seinen Kopf und all die Fragen stillzulegen. Nein, ihm drohte Gefängnis. Ihm drohte die Isolation zwischen kalten Betonwänden und einem noch kälteren Betonboden, ihm drohten wenige Besuche und viele Appelle im Gefängnishof. Ihm drohte ein Prozess, der im Sinne der Anklage enden würde, das war völlig klar. Dass er seinen Anwalt davor nicht würde sehen können, war ohnehin gleichgültig. Sein schleichender Wahnsinn war subversiv. Und Genosse Wang sozusagen schon ein Krimineller. Diesen Gedanken konnte er nicht länger ertragen. Er musste die Frage stellen, er musste sie stellen, auch wenn ein Wort fehlte. Er musste es tun, um nicht verrückt zu werden. Denn es war verrückt, einen Beruf zu haben, der Fragen erforderte, und seit Jahren nicht zu fragen. Er würde es tun, genauso, wie er es sich schon so oft vorgestellt hatte, in seiner Euphorie vor dem Wahnsinn. Er würde fragen. Eine Frage stellen. Den Mund aufmachen. Genau das würde er tun. Genosse Wang war dazu entschlossen.

Er strich noch einmal die Krawatte glatt, die er sich säuberlich umgebunden hatte. Rot mit unmerklichem Muster, ein Muster, für das Genosse Wang wieder ein Wort fehlte. Noch eines. Denn Genosse Wang suchte ständig nach Worten und stellte immer wieder aufs Neue fest, dass es ihm an Worten fehlte, selbst ihm, jemandem, der nichts anderes tat, als Worte zu suchen und über ihnen zu grübeln. Auch für das Gefühl, das dieses Versagen in ihm auslöste, hatte er kein Wort. Sein Versagen nicht einmal benennen zu können, sinnierte Wang, muss das größte Versagen von allen sein. Vor allem aber hatte Genosse Wang in genau diesem Augenblick kein Wort für das Muster in seiner roten Krawatte. Aber sie war glattgestrichen. Und sie war sogar aus Seide. Er hatte sie bei einer Reise in den Süden erhalten, nach dem Abendessen und vor der Verabschiedung. Da sie aus Seide war, hatte sie ihn von Anfang an stutzig gemacht. Kader seiner Gehaltsgruppe erhielten für gewöhnlich keine Krawatten aus Seide. Seit mehr als einem Jahr, also schon seit er sie zum ersten Mal aus dem gelben Karton genommen hatte, hegte Genosse Wang den Verdacht, dass diese Krawatte eigentlich nicht für ihn bestimmt gewesen war, sondern vielmehr für Genossen Li, der zwar später zur Mannschaft gestoßen war, aber früher erkannt hatte, wonach dem Chef der Sinn wirklich steht. Li war derjenige gewesen, der sich mit kleinen Geschenken und geheimen Abendessen, die spät nachts in sogenannten Massagesalons ihr Ende fanden, Stück für Stück hochgearbeitet hatte. Er hatte gute Verbindungen und jetzt hatte er den Chef in der Hand. Beim Abendessen in Südchina war Genosse Wang durch eine unglückliche Verwechslung an dem Platz gelandet, der an der großen Tafel eigentlich für Genossen Li vorgesehen gewesen war. Um 18 Uhr, also zu dem Zeitpunkt, an dem die Delegation des *Volksblattes* laut dem seit drei Monaten feststehenden Programm bereits im Hotel *Goldener Drache* und im dortigen Lotussaal, 2. Stock, rechts, angekommen sein sollte, steckte der Kleinbus noch im Stau auf der Peking-Straße und noch nicht einmal in der Nähe des Volksplatzes. Die Delegation des *Volksblattes* kam ganze 15 Minuten zu spät an. Ein Affront sondergleichen. Genosse Wang wurde geradezu aus dem Bus gestoßen, als man endlich vor dem Hotel haltmachte, er wurde in den 2. Stock nach rechts in den Lotussaal geschubst, er wusste gar nicht mehr, von wem und wie. »Schnell, schnell«, war alles, was er noch in den Ohren hatte, vielleicht war es die fordernde und bestimmte Stimme des Chefs gewesen, aber jedenfalls rannte Wang in dieses Hotel und in diesen Saal, als renne er um sein Leben. Denn nichts konnte schlimmer sein, als in einer verspäteten Delegation der Letzte zu sein. Irgendjemand hatte ihn förmlich in diesen Sessel gedrückt, weil die ganze Delegation zu spät angekommen war und man sie eilig hinsetzen musste, da der lokale Parteisekretär mit seinem Gefolge schon im Anmarsch war. Nun war Genosse Li in der Hierarchie zwar über Genossen Wang, bei diesem Abendessen aber waren sie beide unbedeutend und nur Beiwerk für den großen Chef. Die Verwechslung der Plätze hatte keine großen Folgen, denn weder Li noch Wang mussten an diesem Abend jemanden begrüßen oder sich bei jemandem bedanken, sie mussten sich nur mehrere Male an diesem Abend erheben und mit allen möglichen anderen Männern, von denen der Großteil ebenfalls nur Beiwerk für den anderen großen Chef war, kleine Gläser Schnaps trinken. Den Männern, die neben ihnen zu sitzen gekommen waren, ging es genauso. Zur Rechten und zur Linken der Genossen Li und Wang saßen Herren, die weder einen Li noch einen Wang erwartet oder einen blassen Schimmer davon hatten, wer die Herren waren. Sie wussten nur: Das waren die Genossen der Redaktion aus der Zentrale. Und die lokalen Beiwerk-Herren, die höflich Visitenkarten zur Linken und Rechten verteilten, waren, ebenso wie Li und Wang, geübt darin, den ganzen Abend und die ganze Zeit über nichts zu sprechen, was auch nur annähernd von Gehalt wäre. Wang störte das nicht. Denn wenn er über nichts sprechen musste, fiel ihm weniger auf, dass ihm so viele Worte fehlen. Das Nichts war so wunderbar unpräzise, dass es keine Auseinandersetzung mit dem passenden oder unpassenden Wort erforderte. Bei Abendessen fühlte Wang nie diese wortlose Unzulänglichkeit, die er auch nicht benennen konnte. Einmal hatte er sich bei so einem Abendessen sogar den Spaß gemacht und die Wörter gezählt, die dabei gefallen waren. Er hatte eine hohe Frequenz von »Freundschaft« ausgemacht, die nur von einem Wort übertroffen wurde, genau genommen waren es zwei: ganbei, trockener Becher. Nach dem vierten Becher hatte Genosse Wang aufgehört, die Wörter zu zählen und säuberliche Striche auf seiner Hitliste zu machen, die er auf einer Serviette zu führen begonnen hatte. Wie viele Becher es bei dem Abendessen mit Li, der Delegation und dem Parteisekretär in Südchina gegeben hatte, wusste Wang auch nicht mehr. Er wusste aber noch genau, dass die Mädchen in ihren schönen roten qipao-Kleidern, die gegen Ende des Abendessens, also vor dem letzten ganbei, bei der Tür Position bezogen hatten, die Sitzordnung ganz genau studierten. Ein Mädchen hatte gelbe, längliche Kuverts aus Karton in der Hand, das andere hatte rote. An diesem schicksalhaften Abend bekam Genosse Wang, als er gerade versuchte, aufrecht aus diesem Raum zu gelangen, von einem lächelnden Mädchen mit der anmutigsten kleinen Verneigung eines der gelben Kuverts in die Hand gedrückt. Und Li, das wusste Wang noch genau, bekam vom anderen Mädchen mit einer nicht minder anmutigen Verneigung, die durch einen Knicks, der einen elfenbeinweißen Knöchel offenbarte, an Liebreiz nicht mehr zu übertreffen war, ein rotes Kuvert. Was in diesem gewesen war, beschäftigte Genossen Wang seit damals. Seit damals suchte er auch nach Indizien. Und er konnte sich ebenfalls seit damals nicht verzeihen, dass er in seiner Rivalität mit Li nur auf diesen geachtet und keine

Erinnerung mehr daran hatte, welcher Farbe das Kuvert, das der Chef erhalten hatte, gewesen war. Zweifelsohne hätte bei der Wahl zwischen zwei Farben Stellvertreter Li in die Kategorie des Chefs gehört und Genosse Wang in die all der anderen. Aber man konnte nicht sagen, ob die Farben nach Hierarchie oder zufällig gewählt worden waren. Wang wusste nur: Der Chef war wenige Tage nach Ende der Reise in den Süden mit einer neuen Seidenkrawatte ins Büro gekommen, Li nicht. Und das konnte nur bedeuten, dass Li keine Krawatte erhalten hatte und folglich Wang jetzt eine Krawatte besaß, die rechtmäßig eigentlich seinem Rivalen zustand. Dieser Umstand bereitete Wang ebensoviel Genugtuung wie Sorge. Denn einerseits fühlte er sich stolz, eine Art Fetisch eines, wenn auch unfreiwilligen, Sieges über Li um den Hals zu tragen, andererseits aber fürchtete er die Konsequenzen, die eintreten würden, sollte die Krawattenverwechslung einmal auffliegen. Was, wenn der Chef Li seine Krawatte gezeigt und ihn gefragt hätte, ob er denn keine erhalten habe? Würde das Tragen einer Seidenkrawatte, die im Fall des Einkommens von Genosse Wang zweifellos nur ein Geschenk sein konnte und nicht ein normales Bekleidungsstück, das man sich als Zeitungskader gönnen kann, nicht eindeutig den Verdacht auf ihn lenken? Würde er nicht als Dieb dastehen? Oder gar als anmaßender Betrüger, der sich etwas um den Hals bindet, das seiner politischen Kragenweite nicht entspricht? Oder hatte der Chef womöglich die Verwechslung zwar bemerkt, musste aber darüber schweigen, um dem Genossen Li nicht das Gesicht zu nehmen?

Oder ging der Chef gar so weit zu glauben, dass man Li im Parteisekretariat der südchinesischen Stadt absichtlich nicht die Krawatte, sondern das billigere Geschenk, von dem Wang so brennend gerne wissen wollte, was es denn gewesen sei, gegeben habe? War die Nichtkrawattenbeschenkung des Genossen Li die unverblümte, aber doch deutliche Art der südchinesischen Genossen, dem Chefredakteur mitzuteilen, dass er als Stellvertreter einen beschäftige, dessen Vater einst mit dem Parteisekretär der südchinesischen Stadt in der Frage des Immobilienprojektes *Grüner Hain Ost* auf den Gründen der alten Kooperative Nummer 22 in heftigen Streit geraten war? Wie konnte der Chefredakteur vergessen haben, dass Li's Vater der Frau des Parteisekretärs diesen Auftrag einfach weggeschnappt hatte? Ausgerechnet ihr, die bereits die Projekte *Grüner Hain Süd* und *Grüner Hain West* zur vollsten Zufriedenheit der dort umgesiedelten Landbevölkerung, der Immobilienspekulanten, Banken und Investoren und vor allem mit größtem persönlichen Profit abgewickelt hatte! Sie war nicht nur wie geschaffen für dieses neue Projekt, sondern hatte dafür bei Banken und Investoren auch schon Geld aufgenommen. Wie dieser Coup möglich gewesen war, ist ohnehin schwer zu verstehen. Aber Li's Vater kannte eben jemanden in der Nationalen Reform- und Entwicklungskommission, der das Projekt aus rechtlichen Gründen plötzlich gestoppt hatte. Dagegen konnte der Parteisekretär der Stadt dann nichts mehr tun, denn der Parteisekretär der Provinz wollte sich für ihn nicht einsetzen. Der Genosse Provinz-Parteisekretär hatte nämlich andere

Sorgen als ein weiteres Immobilienprojekt in der südchinesischen Stadt. Er musste sich vielmehr für den nächsten Parteitag, der schon zwei Jahre später stattfinden sollte, in Position bringen. Nun hatte er seiner Meinung nach nämlich lange genug in der heißen südchinesischen Provinz gedient. Er wollte in das nächste Zentralkomitee gewählt werden, wenn nicht gar ins Politbüro. Und so ließ der Parteisekretär der Provinz den Parteisekretär der südchinesischen Stadt und dessen charmante Frau fallen. Und so wurde *Grüner Hain Ost* auf den Gründen der Kooperative 22 nicht etwa dauerhaft gestoppt, sondern mit druckfrischen und mit Stempeln übersäten Papieren der Nationalen Reform- und Entwicklungskommission versehen, die, nachdem im Plan für das Projekt *Grüner Hain Ost* die beiden Springbrunnen um jeweils zwei Meter versetzt worden waren, nun doch befand, dass das Projekt der Zielsetzung der harmonischen Entwicklung entsprach. Dass die Springbrunnen nur auf dem Plan verrückt worden waren, überprüfte niemand, und die Symmetrie der begabten Stadtentwickler, die dieses Anwesen im schönen »europäischen Stil« als Villen geplant hatten, wurde gewahrt. Nur wurden nun die Landbevölkerung, die Investoren und die Banken nicht von der Frau des Parteisekretärs beglückt, sondern von Genosse Li's Vater, der unmittelbar nach dem Baustopp die Immobilienentwicklungsagentur *Aufgehende Rote Sonne GmbH* gegründet hatte, natürlich nicht als natürliche Person, sondern mit einem klugen Konstrukt, an dessen Spitze nun Frau Li stand, die das Projekt um einen Pappenstiel bekam und mit viel Profit an Immobilienspekulanten weiterverkaufen konnte. Herr Li war reich geworden, weil der Parteisekretär der südchinesischen Stadt nicht reicher werden durfte. Das könnte durchaus Stoff für Rache bieten, dachte Genosse Wang, der die rote Krawatte, deren Muster er noch immer nicht benennen konnte, nun in einem völlig anderen Licht sah. Wie er es auch drehte und wendete: Er gelangte zu dem Schluss, dass er am heutigen Tag genau diese Krawatte tragen musste und keine andere. Denn heute würde er es tun. Er würde eine Frage stellen.

Er rückte die rote Krawatte über dem weißen Hemd noch einmal zurecht und schlüpfte in sein blaugraues Sakko des Stils »Genosse Chruschtschow empfängt einen ausländischen Gast«. Genosse Wang war sich dessen bewusst, dass niemand in der Redaktion mehr Anzüge aus synthetischem Material und in universell realsozialistischem Stil und Farbgebung sowjetischer Prägung trug. Aber er konnte sich nun einmal keinen besseren Anzug leisten als diesen. Und immerhin barg der Anzug in Farbe und Schnitt Anklänge an die Zeit, in der kommunistische Kader der sozialistischen Internationale dem universellen Modeideal folgten. Genosse Wang trug mit diesem Anzug also sozusagen seine Parteitreue zur Schau, was ihm bei seinem heutigen Vorhaben nur helfen konnte. Die Schultern des Sakkos hingen zwar und auch die Hose passte nur, weil Genosse Wang sie mit einem Gürtel mit großen Hugo-Boss-Logo, den er auf dem Seidenmarkt erstanden hatte, unter seinem kleinen Bauchansatz festzuzurren vermochte, aber nach seinen eigenen niedrigen Maßstäben und den noch anspruchsloseren seiner Mutter, die ihren einzigen Sprössling ohnehin immer und in jedem Anzug als korrekt gekleidet empfand, war er wirklich elegant. Der Gürtel der Marke Hugo Boss in edlem Schwarz war aus einem wenig biegsamen Kunstleder, was dem Genossen einige Mühe bereitete. Das letzte Loch war zudem von Herrn Xiao, dem Schuster, der auf der Gasse vor seinem Wohnblock Station bezogen hatte, mit wenig Fingerfertigkeit gestanzt worden. »Was willst du, Genosse Wang«, hatte ihm Xiao erwidert, als er sich höflich und ruhig darüber beklagt hatte, dass sein Designerstück nun verhunzt worden sei. Wang, der nicht zu lautstarken Debatten neigte, weder in der Arbeit noch im Kontakt mit den werktätigen Massen, hatte also nicht die Stimme gegen Xiao erhoben und dennoch sofort ein Gebrüll geerntet, dessen unvermitteltes Einsetzen den Genossen augenblicklich in Todesangst versetzte: »Sitz du einmal den ganzen Tag in der Kälte hinter einem Wagen mit ein paar Nägeln, Hämmern, Sohlen und Klebstoff anstatt auf deinem Arsch in deiner warmen Schreibstube, Genosse! Solche wie dich haben wir schon gern! Sich selbst den Bauch dreimal am Tag mit staatlichem Kantinenessen vollschlagen und den Erbauern des Sozialismus, zu denen ich gehöre, nicht einmal fünf kuai gönnen! Feilschen willst du mit mir? Dann kauf dir doch das nächste Mal einen Gürtel aus echtem Leder, damit ich ihn auch stanzen kann, du bürohockender Idiot!« Genosse Wang wünschte augenblicklich, er hätte sich nie darüber beklagt, dass der elegante Gürtel der Marke Hugo Boss aus fast echtem Kunstleder vom Schuster Xiao falsch gestanzt worden war, und schämte sich plötzlich, als Ausbeuter eines Werktätigen dazustehen. Und er fragte sich, warum er nicht vorher gewusst hatte, dass es wieder so werden würde, genau so, wie zu erwarten gewesen war. Wäre die Süßkartoffelverkäuferin von nebenan nicht eingeschritten, er hätte vom Schuster Xiao heute endgültig einen Hammer gegen den Kopf geschleudert bekommen. Denn noch jedes Mal war es dasselbe gewesen: Genosse Wang hatte sich leise über die Leistungen des Schusters beschwert, der Schuster war wütend geworden, Wang hatte angedeutet, weniger für die Leistungen zu zahlen, und der Schuster war noch wütender geworden. Die ganze Gasse wusste das. Und die ganze Gasse wartete darauf, dass Wang und Xiao einander endlich an den Kragen gehen, aber es geschah nie. Denn immer schritt die Süßkartoffelverkäuferin aus Angst um ihre Ware und aus Befürchtung, einer der beiden könnte gegen ihren Ofen fallen, ein. »Ihr verdammten Idioten«, rief sie, »irgendwann schlage ich euch selbst die Schädel ein, wenn ihr es entweder nicht endlich selbst tut oder nicht endlich damit aufhört, einander an den Kragen zu gehen. Könnt ihr eure sinnlosen Streitereien nicht etwas weiter weg von meinen Süßkartoffeln austragen? Ihr seid wirklich das Letzte. Du, Xiao, wenn du es wagst, noch etwas zu sagen, stopfe ich dir eigenhändig dein blödes Maul mit einer Kartoffel, und du, Wang, mach endlich, dass du von hier in dein Büro verschwindest, wenn du es nicht einmal schaffst, ein Problem mit einem Straßenschuster zu lösen, du Schande für deine Mutter.« Die

Süßkartoffelverkäuferin spuckte mit aller Inbrunst, die sie aufzubringen vermochte, vor Wang aus, genau auf seine schwarzen Schuhe, die er gerade geputzt hatte und auf die Herr Xiao erst vor zwei Wochen und auch nicht gerade zur vollsten Zufriedenheit neue Sohlen aufgeklebt hatte. »Ich habe noch die Spucke der alten Süßkartoffelverkäuferin auf meinen Schuhen«, sagte Wang, völlig schockiert, plötzlich laut zu sich selbst. Und das brachte ihn plötzlich von der roten Krawatte, die er nicht glattzustreichen aufzuhören vermochte, ab. Nach der Auseinandersetzung auf der Gasse war er nämlich wie panisch weggelaufen, geradewegs ins Büro, und hatte den ganzen Tag lang nicht daran gedacht, sich die Schuhe zu putzen. Genosse Wang errötete vor Scham, nun, da ihm das wieder einfiel. Genossin Zhang war die Spucke auf seinem rechten Schuh unmittelbar über der formschönen Spange sicher aufgefallen. Die Spucke musste ihr sogar aufgefallen sein. Immerhin hatte Genossin Zhang an diesem Tag mindestens dreimal heißes Wasser nachgeschenkt, und zwar immer in Situationen, in denen Wang gerade so gesessen hatte, dass seine Füße nicht unter dem Schreibtisch gewesen waren. Mindestens drei Mal hatte er sich an diesem Tag aus seinem kleinen Kobel in der Redaktion hinausgedreht, weil ihn gerade jemand angesprochen hatte, und in diesen Situationen war Genossin Zhang, als täte sie den ganzen Tag nichts anderes, als bei allen Kobeln die richtige Situation für das Nachgießen von Wasser oder das Entfernen von Unterlagen abzuwarten, blitzschnell und leise aus ihrer Lauerstellung gekommen und hatte aus der großen, weißen Thermoskanne Wasser nachgegossen. Sie war immer zur Stelle wie eine leise Raubkatze, die es vermochte, aus dem ruhigen Abwarten augenblicklich in den Angriff zu springen. Genosse Wang bewunderte sie dafür. Aber er bewunderte sie nicht nur dafür. Wann immer sie zur Stelle war, konnte er, unmittelbar bevor ihr Wasser in seiner Tasse oder ihre Hände auf seinem Schreibtisch landeten, ihren Geruch wahrnehmen. Das waren die Augenblicke, auf die er täglich wartete. Das waren die kurzen Momente, in denen er, so es niemand sehen konnte, die Augen schloss, um seine in Gestalt von Zhang nahende und mit ihr aufkommende Sehnsucht auszukosten, um sich nur diesem Duft hinzugeben. Genosse Wang liebte es, Genossin Zhang zu riechen, bevor er sie sehen konnte. Manchmal blickte er ihr in die Augen, wenn sie dann wirklich da war, aber meistens schaffte er es nicht. Genosse Wang hatte immer Angst zu erröten, wenn er sie ansah. Er würde sie so gerne ansehen, er würde nichts lieber tun, als sie den ganzen Tag lang anzusehen, aber er war seinem eigenen Blick nicht gewachsen und schon gar nicht ihrem. Er war nicht kalt, stark und männlich wie Genosse Li. Genosse Li besaß die Unverschämtheit, Genossin Zhang, wenn sie mit dem Wasser ankam, manchmal sogar auf den Arm zu greifen, er hatte sogar schon ihren Hintern berührt, ganz so, als wäre Genossin Zhang eines seiner käuflichen Massagemädchen. Li war einfach widerlich, wenn er sie so breit und lüstern angrinste, und nicht nur sie. Alle Frauen grinste er so breit und lüstern an. Wang hingegen hatte Angst davor, ganz sicher erröten zu müssen, wenn ihn eine Frau ansah oder sogar anlächelte. Er würde sicher verglühen, wenn ihn Genossin Zhang richtig anlächelte und er sie dabei ansah. Allein beim Gedanken daran konnte er schon die Hitze in seinem Gesicht fühlen, er musste nur an sie denken und ihm wurde ganz heiß. Genossin Zhang hatte das schönste Lächeln der Welt, meinte Wang. Wann immer sie ihn anlächelte, gab es ihm einen Stich in die Magengrube, einmal war ihm vor süßem Schreck auch fast das Herz stehengeblieben. Das war einer dieser wehrlosen Augenblicke gewesen, in denen er ihr Nahen nicht schon zuvor gerochen hatte. Sie war plötzlich vor ihm gestanden und hatte ihn angelächelt, ganz ohne Warnung. Wang wusste nicht, wie ihm geschah, er fühlte nur etwas sehr Eigentümliches, das er natürlich auch nicht benennen konnte. Es war ein Gefühl, als würde man gleichzeitig auf der Stelle tot sein und endlich aufleben. Er fühlte sich, als würde er jetzt gerade gleichzeitig fallen und abheben. Er fühlte sich schwach und stark, vor allem aber machtlos gegenüber dem, was er da fühlte. Genosse Wang hatte nie zuvor in seinem Leben Vergleichbares erlebt. Die duftende Kollegin versetzte ihn in einen Zustand, von dem er nicht mit Sicherheit sagen konnte, ob er ihn ersehnte oder verwünschte. Sicher war nur, er wusste nicht damit umzugehen. Er fragte sich manchmal, ob das, was er da fühlte, das war, wofür das Wort »Liebe« verwendet wurde, oder ob er einfach nur Magenschmerzen hatte, weil er zu schlecht und zu unregelmäßig aß. Aber er konnte sich diese Frage nicht beantworten. Nicht nur, dass er für so vieles keine Worte hatte, er litt auch darunter, dass er manchmal nicht wusste, was Worte, die es gab, bedeuteten. Liebe war so ein Wort. Keiner der vielen Menschen, die er kannte und die ständig darüber sprachen, hatte ihm jemals eine Ahnung davon geben können, was Liebe wirklich umschließt oder wie sich Liebe anfühlt. Dabei hatte er immer ganz genau zugehört und in den Schilderungen der Symptome der Verliebtheit nach Anhaltspunkten gesucht. Aber Wang verstand nicht, was da gesprochen wurde. Ihm war, als würde in einer fremden Sprache gesprochen oder als wäre er ein Kleinkind, das dazu verurteilt worden ist, einem Fachkongress von Atomphysikern beizuwohnen. Er hatte keine Ahnung, worum es da ging, und er konnte die Worte, die dafür verwendet wurden, nicht einordnen. Da er nichts verstand, vergaß er völlig darüber nachzudenken, ob irgendetwas, was da gesprochen wurde, so es etwas war, das er auf einer sprachlichen Ebene zufällig als bekanntes Wort identifizieren konnte, von ihm schon einmal gefühlt oder gedacht worden war. Sein Kopf wurde immer ganz blank dabei. Er ging davon aus, die Liebe nicht zu kennen, nie gefühlt zu haben und daher auch nicht benennen zu können. Manchmal glaubte er sogar, all die Menschen, die darüber sprachen, spielten ihm nur etwas vor, denn sie hatten sicher auch keine Ahnung. Wenn jemand vor Wang über Liebe sprach, konnte das nur Teil einer bösen Verschwörung sein. Wie sollte er seine Hilflosigkeit sonst deuten? Wang konnte es einfach nicht definieren. Vom Wort Liebe hatte er ebenso wenig eine Vorstellung wie von der Entfernung zwischen der Erde und dem Mond oder der Summe von

1 Trillion Renminbi, bestenfalls eine rein rationale, die ihm in Augenblicken, in denen er sich nicht betrogen fühlte, sagte, dass beides existiert, er es aber nie erfassen oder erleben würde. Liebe überstieg seine Vorstellungskraft. Er konnte daher auch nicht sagen, wann die Verwendung dieses Wortes angebracht war. Und weil er es nicht wusste, verwendete er es nicht. Er wusste nur, die Augenblicke, in denen er Genossin Zhang riechen konnte, bevor er sie sah und zumeist nicht ansah, waren überwältigend. Es gab nichts, was mit diesen Augenblicken vergleichbar war. Und wenn Genosse Wang ehrlich zu sich war, musste er sich eingestehen, dass es nur diese Augenblicke waren, die ihn, den Kader des *Volksblattes*, allmorgendlich mit Freuden ins Büro gehen ließen. Es war der Mangel an solchen Augenblicken, wenn er feststellen musste, dass Genossin Zhang nicht da war, die sein tiefes Gefühl der Trauer und Ausweglosigkeit nur noch verstärkten. Genosse Wang wusste nie, wie er die Stunden im Büro überleben sollte, wenn Zhang nicht da war. Es war, als hielte sie ihn am Leben. Sie nur einmal zu riechen, auch wenn er nicht wagte, sie anzusehen, konnte ihn über den halben Tag retten. Sie nur einmal am Tag gerochen zu haben, machte es ihm sogar schwer, am Abend aus dem Büro wieder nach Hause zu gehen, denn die Hoffnung, ihr Geruch möge ihn noch einmal streifen, ließ ihn länger bleiben als all die anderen. Erst wenn er feststellte, dass sie ihre Thermoskanne verräumt hatte und schon gegangen war, konnte er langsam selbst aufräumen und schließlich gehen.

Genossin Zhang verwendete eine Seife, die in Wang immer die Erinnerung an die hohen Feste seiner Kindheit weckte. Sie war ein fleischgewordenes Fest in ihrer duftenden Sauberkeit. Als er ein Kind gewesen war, war Genosse Wang immer zum Frühlingsfest mit einer so ähnlich riechenden, durch und durch frischen und sauberen weißen Seife von Kopf bis Fuß ordentlich abgeschrubbt und dann in neue Kleidung gesteckt worden. Jedes Jahr zum Frühlingsfest hatte es für den kleinen Wang eine neue Hose, einen neuen Pulli und eine gründliche Wäsche gegeben. Seine Mutter hatte ihn in einen etwas größeren Zuber gesteckt und ihm nicht nur die Füße gewaschen, wie sonst üblich, sondern ihn von Kopf bis Fuß eingeseift und mit einem rauen Lappen gebürstet, bis seine Haut rot und glatt war. Das Brennen in seinen Augen nahm Wang dafür gerne in Kauf. Denn nur einmal im Jahr roch er so umfassend sauber wie an diesem Tag. Dieses Verhalten machte ihn zu einem ungewöhnlichen Kind. Keines der anderen Kinder in seiner Gasse ließ sich gerne waschen, fast jedes schrie sogar dabei, und die anderen Mütter in seiner Gasse versuchten immer zu ergründen, was Wangs Mutter wohl anders machte, um einen Sohn zu haben, der sich gerne waschen ließ. Aber sie konnte es ihnen nicht verraten. Sie wusch ihren Sohn nämlich ebenso gefühllos, wie sie ihre Wäsche schrubbte, mit anderen Worten: Sie wusch ihren Sohn genau so, wie all die anderen Mütter es auch taten. Sie wusch den kleinen Wang nicht anders, als sie es von ihrer eigenen Mutter gelernt hatte. Der kleine Wang aber war das einzige Kind weit und breit, das das mochte. Genau genommen mochte er zwar nicht das Schrubben und Scheuern in seinem Haar und auf seiner Haut, er mochte nicht, wie ihm kalt wurde, weil er nass im unbeheizten Raum stand und dann doch plötzlich wieder mit viel zu heißem Wasser überschüttet wurde, er mochte es auch nicht, dass immer Seife in seinen Ohren zurückblieb, die seine Mutter wegzuwaschen vergessen hatte, aber er mochte, was danach von ihm übrigblieb: ein sauberer, neuer Mensch. Er mochte auch, was danach im Zuber übrigblieb: milchig-graues Wasser mit noch graueren Flocken, aber noch immer von einem guten Geruch nach einfacher, weißer Seife. Der kleine Wang sah seinen eigenen Schmutz in diesem Zuber. Alles, was er von sich nicht wollte, war dort und würde weggeschüttet werden. Was er von sich nicht wollte, würde auf die Gasse geschüttet werden. All sein Dreck würde gleichsam weggeschwappt werden. Das war gut so. Über seinen Schmutz würden Füße trampeln, und genau so sollte es sein. Er würde befreit sein. Und neu. Seine Freiheit würde weitum riechbar sein. Und genau so wie er damals einmal im Jahr, roch Genossin Zhang jetzt und täglich. Sie roch wie das Frühlingsfest. Sie roch neu. Und befreit. Wenn er sie riechen konnte, bekam er eine Ahnung davon, wie es sein könnte, sich zu befreien und neu zu sein, denn seit seiner Kindheit und den Waschungen vor dem Frühlingsfest war es ihm nicht mehr gelungen, dieses Gefühl wiederzuerlangen. Gleichgültig, womit oder wie sehr er sich säuberte, es gab ihm nie das Gefühl, neu und befreit zu sein. Er fühlte sich alt und gefangen. Er hatte sich verknöchert und eingekerkert gefühlt in sich selbst und seinem Leben, bis er Genossin Zhang das erste Mal gerochen hatte. Er hatte sie gerochen, bevor er sie gesehen hatte. Da war er gewesen: der Geruch des Neuanfangs. Genosse Wang hatte sich damals, als er den Geruch zum ersten Mal seit seiner Kindheit wieder wahrgenommen hatte, intuitiv nach dem Duft umgedreht. Und dann hatte er sie zum ersten Mal gesehen und war sprachlos gewesen, er war wie versteinert, wehrlos und wortlos vor Zhang mit ihrem Lächeln und ihrem Geruch. Er wäre auf der Stelle umgefallen, wenn er nicht gesessen wäre, davon war Genosse Wang überzeugt. Er hatte es kaum geschafft, aufzustehen und ihr die Hand zu geben, so völlig aus dem Konzept hatten ihn dieser Geruch und das Lächeln, das auf ihn folgte, gebracht.

Heute hatte sich Genosse Wang wieder gewaschen. Und wieder einmal war ihm nicht gelungen, sich danach auch nur ansatzweise neu oder befreit zu fühlen. Es lag nicht daran, dass ihn niemand in den Zuber gesteckt und von Kopf bis Fuß abgeschrubbt hatte, es war auch egal, ob er sich, wie so viele in seinem Block, nur schnell mit einem Waschlappen vor dem Waschbecken Kopf, Hals und Oberkörper wusch oder unter der Dusche stand, es machte keinen Unterschied, wie lang er in den Supermärkten und in den aus dem Boden sprießenden Drogeriemärkten nach der perfekten Seife suchte, es wollte ihm nicht gelingen: Genosse Wang fühlte sich nie sauber, neu und befreit. Auf ihm schien vielmehr der Dreck von Jahrzehnten zu haften, und nichts vermochte den Schmutz, den er jetzt trug, von ihm abzuwaschen: Es war der Makel der nie gestellten Fragen und der Bodensatz der Worte, die er sprach, weil ihm der Mut für die anderen fehlte, von denen er Reinwaschung erhoffte. Und zudem war er jetzt noch einmal besudelt: mit dieser verdammten Spucke auf seinem Schuh, die Genossin Zhang sicher gesehen hatte. Abermals verfiel er in Scham. Er sah sein schamvolles Gesicht im Spiegel, und aus diesem Spiegel schien Zhang direkt in seine Augen zu blicken, vorwurfsvoll und mitleidig, anklagend stumm und wie enttäuscht. Enttäuscht von ihm, den sie stärker wollte und mutiger. Er blickte zu Boden. Genosse Wang fühlte sich wie ein Versager, ja, er war ein Versager. Er ertrug seinen eigenen Blick schon wieder nicht, er verkraftete sein eigenes Gesicht nicht, das sich mutlos eine neue Niederlage eingestehen musste. Diese neue Niederlage hatte ihn noch weiter vom perfekten Wort für die perfekte Frage entfernt, und sie hatte ihn weiter weggetrieben von der duftenden, sanftmütigen, engelsgleichen Genossin Zhang. Er würde ihr nie genügen. Und er erkannte, dass es nun einen Grund mehr gab, die Frage endlich zu stellen. Wang musste fragen, nicht nur, um nicht wahnsinnig zu werden, er musste vielmehr fragen, um sich Zhang zu beweisen. Die Frau mit der Wasserkanne und der Seife sollte sehen, dass nicht Männer wie Li, denen alles in den Schoß fiel, vor allem Frauen, und wenn nicht freiwillig, dann gegen Geld, sondern Männer wie er, Genosse Wang, in seinem blaugrauen Anzug, mit seiner schlecht sitzenden Hose, mit dem verhunzten Gürtel der Marke Hugo Boss vom Seidenmarkt und sogar mit Süßkartoffelverkäuferinnenspucke unter der

Spange des Schuhs, richtige Männer waren. Zhang sollte ihn wollen. Und da er äußerlich nicht mehr zu bieten hatte als eine rote Seidenkrawatte, die er wahrscheinlich sogar zu Unrecht um den Hals trug, musste er ihr zeigen, was in seinem Inneren steckte. Er würde der erste Journalist des staatseigenen und dem Propagandaministerium unterstehenden *Volksblattes* sein, der eine richtige Frage stellte. Womöglich würde er der erste chinesische Journalist überhaupt sein, der jemals einem Minister eine richtige Frage stellte. Vielleicht würde er auch der letzte chinesische Journalist sein, der das je getan hatte und tun würde. Der erste und der letzte. Vielleicht würde man Jahrzehnte nach seinem Tod feststellen, was er getan hatte: Er hatte, verdammt noch einmal, eine echte Frage gestellt, anstatt ein Hölzchen zu werfen oder ein Koreferat zu halten. Er würde es in einem Ministerium getan haben. Er würde ein Held des neuen Neuen China werden, so es denn je anbrechen würde, aber das war jetzt zweitrangig. Denn Wang musste es tun. Er musste es seit Langem tun, um nicht verrückt zu werden, er musste es seit heute tun, um Genossin Zhangs Liebe zu gewinnen, und vielleicht musste er es auch für die Zukunft tun und um ein Held zu werden. Bevor er das alles tat, musste er aber noch einmal auf seine Schuhe spucken und sie polieren, um endlich diese alte Spucke loszuwerden.

In der Lobby des Justizministeriums würde es gewiss eine dieser Schuhputzmaschinen geben, wie sie in der Metropole in der Lobby jedes besseren Gebäudes zu finden waren. Sie hatten eine grobe Bürste gegen den allgegenwärtigen Straßenstaub und zwei weitere Bürsten mit brauner und schwarzer Schuhpaste. Sie waren die Mahnung gegen ungeputzte Schuhe bei offiziellen Terminen und die Abhilfe gegen die praktische Unmöglichkeit, seine Schuhe für solche Termine sauber zu halten, zugleich. Spätestens in der Lobby des Justizministeriums würde Genosse Wang seine Schuhe noch einmal putzen können. Aber so lange wollte er die Spucke der Süßkartoffelverkäuferin nicht mehr mit sich herumtragen. Er wischte schnell über den Schuh und versuchte die Spucke, die sich nun unter der Schnalle angesammelt hatte, von dort zu entfernen, polierte den Schuh dann eingehend und den anderen, nicht bespuckten, ebenfalls und stellte danach mit Erschrecken fest, dass er schon viel zu spät dran war. Dennoch musste er noch einmal auf die Schuhe spucken, auf beide, und zwar selbst. Und dennoch musste er noch einmal nachpolieren. Zweifelsohne würde er in der Lobby des Justizministeriums noch einmal von der Schuhputzmaschine Gebrauch machen, denn bis er dort angekommen sein würde, würden seine Schuhe wieder verdreckt sein, und gerade heute war es wichtig, makellos zu sein. Genosse Wang hatte keine Zeit mehr dafür, seine Krawatte noch einmal glattzuziehen, er hatte gerade noch Zeit dafür, das mittlerweile kalte halbe Dampfbrot mit Schweinefleischfülle in den Mund zu stecken und gleichzeitig in seinen schwarzen Mantel zu schlüpfen, und er hatte auch wirklich keine Zeit für eine weitere Jammergeschichte seiner Nachbarin, die vor seiner Tür zu lauern schien. Er hatte es eilig. Vor dem Block winkte er rasch ein Taxi herbei, warf sich mit geübtem Schwung hinein und raunte dem Fahrer die Adresse zu. Der Taxifahrer musterte Wang im Rückspiegel. Wahrscheinlich hielt er ihn für einen angehenden Staatsanwalt, was sonst sollte einer im Anzug wohl im Justizministerium verloren haben?

Er kam gerade noch rechtzeitig zum Tor. Das Staatsfernsehen eilte schon voraus. »Schon wieder eine neue junge Kollegin«, dachte Wang, als er eine etwa 20-Jährige als Anführerin dieser Truppe sah. Sie war hübsch und wiegte ihren kleinen Körper in hohen Stöckelschuhen voraus, in der Hand eine dicke Mappe, die wohl sagen wollte, dass sie sich vorbereitet hatte. Der Kameramann schien ebenso lustlos wie der Tonassistent, wahrscheinlich kamen sie gerade von der monatlichen Präsentation der aktuellen Wirtschaftsdaten und hatten eine Stunde und dreißig Minuten an Prozentsätzen, die in monotonem Tonfall vorgetragen worden waren, auf Band gebannt. Vielleicht war die dicke Mappe unter dem rechten Arm der zarten, stöckelbeschuhten Nachwuchsredakteurin auch nur voller Unterlagen von genau dieser vorhergegangenen Pressekonferenz und sie hatte sich auf die jetzt folgende überhaupt nicht vorbereitet. Wang hingegen hatte sich in das Thema der Justizreform, die hier präsentiert werden sollte, genau eingelesen. Und er hatte festgestellt, dass das Politbüro im Zuge dieser Justizreform auch die Todesstrafe diskutiert hatte. Sie werde zu oft angewandt, so hieß es in inneren Parteikreisen, zu denen er als Redakteur und Kader des angesehenen *Volksblattes* natürlich Zugang hatte. »In den Provinzen wird sie von den Parteichefs als Druckmittel verwen-

det«, hatte ihm ein Gesprächspartner einmal gestanden, »wir wollen das nicht. Wir wollen nicht dastehen wie ein Land, in dem die Leute einfach so abgeknallt werden, weil Provinzbosse ihre Provinzen im Griff behalten wollen, aber wir wollen auch nicht, dass es so aussieht, als wären wir schwach. Verstehst du, Wang? Unsere Linie ist, dass unser Höchstgericht nun alle Urteile überprüfen muss. Tatsächlich werden wir zwar nur wenige überprüfen, aber diese Ansage wird genügen, damit man die Todesstrafe in den Provinzen weniger häufig verhängt. Du bist Vertreter der Parteilinie, Wang, du wirst schreiben, dass die Justizreform gut ist, weil sie das Höchstgericht wieder ins Spiel bringt. Du wirst unser Höchstgericht den Hüter unserer Verfassung und Staatsordnung nennen. Du wirst schreiben, dass unsere Rechtsordnung dem Prinzip der Diktatur des Volkes folgt. Du schreibst darüber, dass die Volksgerichte unserer Volksrepublik Horte der Gerechtigkeit und auch des Volkswillens sind. Du wirst auch schreiben, dass die Todesstrafe der Wille des Volkes ist. Genau so wirst du das schreiben, und sonst schreibst du darüber nichts, verstehst du, Wang?«
Wang hatte genickt. Aber gleichzeitig waren Fragen in ihm hochgekommen, die er längst hätte lernen müssen zu unterdrücken. Stattdessen wurden sie in seinem Kopf immer lauter und Wang fiel es immer schwerer, sie zu unterdrücken. Wann immer er von der Todesstrafe hörte, wollte er fragen, wie oft sie eigentlich überhaupt verhängt wurde. Aber er wusste, dass diese Frage nicht zulässig war. Er war lang genug im *Volksblatt*, um das zu wissen. Ihm musste der Chef das gar nicht mehr sagen.

Und dann wollte er auch noch danach fragen, wie denn das war mit all den Delikten, für die man mit dem Tode bestraft werden konnte, und warum dieser Mann, dem durch Hörensagen Spionage unterstellt worden war, seinen Anwalt bis zur Hauptverhandlung nicht hatte sehen können, und warum er dann hingerichtet worden war, obwohl es keinen einzigen Beweis für Spionage gegeben hatte, und warum es klar war, dass er hingerichtet würde, weil er davor noch einmal seine Frau hatte sehen dürfen. All das zu fragen war entschieden zu viel für eine Frage, aber Wang würde es ordnen. Und dann würde er fragen. Heute.

Er betrat den Raum, in dem alle Kameras schon Position bezogen hatten, er näherte sich seinem Platz, der irgendwo in der ersten oder zweiten Reihe sein musste, denn schließlich schrieb er für das *Volksblatt*, er fand seine Unterlagen vor und dazu einen frisch gespitzten Bleistift, und er begann nachzudenken. »Genosse Justizminister«, setzte Wang in seinem Kopf an, »wie oft wird in unserer Volksrepublik eigentlich …« und da betrat der Genosse Justizminister den Raum. Alle Journalisten, auch Wang, erhoben sich und applaudierten ihm. Der Genosse nahm an dem langen Tisch auf dem Podium des Saales Platz und gab damit das Signal, den Applaus und das Stehen zu beenden. Um seine Wichtigkeit zu unterstreichen, hatte er noch drei Mitarbeiter bei sich, von denen zwei allerdings nichts sagen würden. Nur der Propagandachef kam jetzt kurz zu Wort, stellte den Genossen Justizminister, als wäre das nötig, vor, und dann setzte dieser zu einem langen Vortrag an. Wang hörte den Genossen Justizminister wie aus der Ferne. Ihm schien, als wolle auch der Genosse Justizminister gar nicht so recht verlesen, was er da verlas. Wang wusste, dass dieser Vortrag noch eine halbe Stunde dauern würde, das konnte er am Umfang des vor ihm liegenden Manuskripts ablesen, und er wusste, dass er noch genau eine halbe Stunde Zeit dafür hatte, diese Frage, die er eigentlich schon ausformuliert hatte, so fast richtig auf den Punkt gebracht hatte, noch einmal zu üben. »Wie oft, Genosse Justizminister, wird die Todesstrafe eigentlich …«, nein, was er wirklich fragen wollte, war: »Warum wird in der Volksrepublik eigentlich nicht öffentlich gemacht, wie oft …«, aber, wie zum Teufel sollte er in eine Frage verpacken, dass sein Land so oft tötete und sich offenbar für diese Häufigkeit schämte, ansonsten würde man die Zahlen schließlich publik machen. Wang begann zu schwitzen. Er lockerte den Krawattenknoten und wollte dann auch noch wissen: »Warum wird in der Volksrepublik eigentlich für so viele Delikte die Todesstrafe …« und ja, was ihn eigentlich auch noch interessierte, war wirklich: »Warum durfte der jüngst zum Tode verurteilte Herr XX seinen Anwalt bis zur Hauptverhandlung nicht …« Wang wusste nicht mehr, was jetzt eigentlich die Frage gewesen war, die er unbedingt hatte stellen wollen, aber er wusste, er wollte wissen, wie oft und warum für so viele Delikte und warum so im Geheimen diese Todesstrafen verhängt wurden. Das mit der Hauptverhandlung konnte warten. Er hatte genau diese Frage, die er hier stellen wollte, schon im Kopf gehabt, gestern schon, und jetzt war sie wie weg. Das war unerträglich. Wang öffnete den ersten Hemdknopf. Er kaute am Bleistift. Der Genosse Justizminister war auf Seite fünf von insgesamt zehn seines Manuskriptes angelangt. Die junge Kollegin des Staatsfernsehens rechts von ihm las mit. Das war gut. Denn Wang hatte den Faden verloren. Er schloss die Augen. Er fühlte einen Schweißtropfen langsam von seiner Stirn in Richtung Auge fließen. Bald würde dieser Schweißtropfen in seinem Auge landen, und dieses würde zu tränen beginnen. Wang wischte den Schweiß weg. Er biss so fest in den Bleistift, dass dieser fast brach. Er atmete durch. Er versuchte, sich zu fassen. Denn heute war der Tag. Das hatte er beschlossen. Und deshalb trug er diese rote Krawatte. »Hast du vergessen, Wang, dass du das tun musst, für dich, für Zhang und vielleicht ein ganz klein wenig für die Geschichte?«, sagte er zu sich selbst. Nein, er hatte es nicht vergessen. Er hatte nur die perfekte Frage vergessen, die fast perfekte. Der Genosse Justizminister war mittlerweile auf Seite sieben seines zehnseitigen Manuskripts angelangt, und nur kurz keimte in Wang die Frage, warum er seit Jahren zu Pressekonferenzen ging, auf denen hohe Kader, die ganz offensichtlich die langweiligsten Vorleser der Welt waren, nichts weiter taten, als die Presseunterlagen zu verlesen. Aber er wollte sich mit dieser Frage nicht länger aufhalten. »Genosse Justizminister«, dachte er, »hat die Volksrepublik solche Angst vor ihrem Volk, dass sie es so oft …«, der Bleistift in seinem Mund knackte. Jetzt rann ihm ein Schweißtropfen vom Kinn den Hals entlang geradewegs in Richtung des gelockerten roten Krawattenknotens und geöffneten

Hemdkragens »... solche Angst, dass sie es so oft und für so viele Delikte ...« Nun biss er den Bleistift durch. Die junge Kollegin des Staatsfernsehens zu seiner Rechten wandte ihm einen irritierten Blick zu, ganz so, als hätte er sie beim Lesen dessen, was sie nun ohnehin schon seit 25 Minuten hörte, gestört. Sie kritzelte nervös ihn ihren Unterlagen herum und schrieb mit, was sie ohnehin las und was sie ohnehin hörte. Wang spuckte den halben Bleistift aus. Ein Stück der Mine hatte sich zwischen seinen Schneidezähnen verfangen. Er fuhr sich mit dem rechten Zeigefinger in den Mund und mit dem Fingernagel zwischen die oberen Schneidezähne. Er löste das Stück Bleistiftmine. Er dachte flüchtig daran, ob er nun wohl eine Bleivergiftung davontragen würde und ob in Bleistiften überhaupt noch Blei war. Und dann beendete er den Satz »... zum Tode verurteilt werden muss«. Das Volk nämlich. Genau das war die Frage. Genau so war es. »Genosse Justizminister, hat die Volksrepublik eigentlich solche Angst vor ihrem Volk, dass sie es für so viele Delikte und so oft zum Tode verurteilen muss?« Ganz korrekt war die Frage noch nicht. Aber sie gefiel ihm. Sie hatte nur einen großen Fehler, ganz abgesehen davon, dass sie der Bruch mit allem war, was Wangs Beruf eigentlich bedeutete: Man hätte ihm Polemik unterstellen können und der Polemik wollte er sich nicht bezichtigen lassen, wenn er schon eine Frage stellte, die zum Bruch eines Staatsgeheimnisses aufforderte. Aber wie sollte er die Frage nicht polemisch stellen? Sollte er einfach fragen: »Genosse Justizminister, warum kann man in der Volksrepublik für mehr Delikte als in jedem anderen Land zum Tode verurteilt werden und warum erfahren wir nie, wie oft das der Fall ist?« Vielleicht wäre das besser. Vielleicht war die erste Version schöner. Aber besser war die zweite. Und direkter. Und Wang wollte es jetzt wissen.

Der Genosse Justizminister hatte seinen Vortrag beendet und sein Propagandachef forderte zu Fragen auf. Die Kollegin des Staatsfernsehens hob die Hand, die vom vielen Schreiben noch nicht müde geworden war. Natürlich würde sie als erste an die Reihe kommen. Sie erhob sich. Sie strich den Rock glatt. Sie griff nach dem Mikrofon, das ihr von einem wie aus dem Nichts aufgetauchten Helfer des Justizministeriums gereicht wurde, und las mit fiepsiger Stimme von einem Blatt ab: »Genosse Justizminister, mein Name ist Li Meihong, Zentrales Staatsfernsehen, danke für Ihre Ausführungen. Bitte erlauben Sie mir eine Frage. Die Justizreform unserer Volksrepublik ist ein großes Anliegen unserer Gesellschaft. Alle Kräfte des Landes tragen die Modernisierung in diesem Bereich unter Ihrer Führung vereint voran. Welche harmonischen Impulse erwarten Sie für das gerade begonnene Jahrtausend und die weitere Entwicklung unserer Gesellschaft und unseres Staates? Danke sehr.« Während sie ihren Dank aussprach, sank sie bereits in ihren Sessel zurück. Sie war sichtlich aufgeregt. Es war offensichtlich ihr erstes Mal gewesen. Genosse Wang konnte ihr Herz schlagen hören. Aber sie hatte es offenbar gut gemacht. Der Justizminister lehnte sich wohlwollend zu seinem Propagandachef und flüsterte ihm ins Ohr, dass die junge Mitarbeiterin, die vom Chef der zentralen Fernsehnachrichten empfohlen worden war, wirklich eine Spitzenjournalistin war, der im zentralen Staatsfernsehen noch eine große Karriere bevorstehe. Danach lehnte er sich ebenso wohlwollend nach vorne, blickte in Richtung der jungen Kollegin und wiederholte noch einmal in anderen Worten und etwa drei Minuten lang, was er zuvor eine halbe Stunde lang verlesen hatte. Am Ende seines Vortrages lächelte der Justizminister noch einmal gönnerhaft in Richtung der jungen Kollegin. Sie senkte ihren Blick in einer Mischung aus Scham und Dankbarkeit und signalisierte ihrem Kameramann, dass er die Kamera nun abdrehen könne. Gleichzeitig erteilte der Propagandachef der staatlichen Nachrichtenagentur, die in Gestalt einer weiteren, nicht mehr ganz so jungen Kollegin erschienen war, das Wort. Auch sie erhob sich, allerdings gekonnter als ihre junge Kollegin, und sprach mit kräftiger Stimme und ohne vom Blatt abzulesen, nachdem auch sie sich vorgestellt hatte. »Der Beschluss des letzten Parteikongresses des 17. Volkskongresses sah einstimmig das Vorantreiben einer umfassenden und harmonischen Reform des Justizsystems der Volksrepublik vor. Auch das Zentralkomitee und das Politbüro stehen voll hinter diesem Beschluss und haben den Staatsrat aufgefordert, dem Thema innerhalb und außerhalb des laufenden Fünfjahresplanes besondere Bedeutung zukommen zu lassen. Das bezog sich auch und vor allem auf das von Ihnen geleitete Justizministerium, welches heute bewiesen hat, dass es den Auftrag nicht nur ernst nimmt, sondern auch mit aller Kraft umsetzen wird. Danke.«

Die nicht mehr ganz so junge Kollegin setzte sich auch und schaffte es gerade noch, schnell die Hand vor den Mund zu halten, weil sie gähnen musste, und zückte dann ihren Bleistift, denn das war die Frage, auf die die Antwort wichtig war. Da sie schon einige Jahre für die staatliche Nachrichtenagentur arbeitete, könnte sie die Antwort natürlich genauso gut selbst schreiben beziehungsweise abschreiben, die Antwort fand sich nämlich auf Seite 6 des Manuskriptes, das verlesen worden war, so war es vereinbart und abgesprochen, aber der Justizminister blickte etwas verdutzt erst zu seinem Propagandachef, dann zur versammelten Presse und dann wieder zu seinem Propagandachef: »Wenn wir den Chefredakteur wissen lassen, was wir gefragt werden wollen, sollten wir ihm das nächste Mal vielleicht auch sagen, dass da irgendwo eine Frage sein sollte, meinen Sie nicht auch, Genosse?« »Ja, Genosse Justizminister, aber Sie wissen doch, dass die Nachrichtenagentur nur mit dem Propagandaministerium kommuniziert und sich von uns nichts sagen lässt. Ich kann versuchen zu intervenieren, dass uns die Kollegin nicht mehr geschickt wird, es wird aber wenig bringen. Sie hat gute Kontakte, ihre Familie ist einflussreich, sie gilt als politisch höchst zuverlässig und sie ist die langjährige Geliebte des Chefredakteurs. Dass sie zu unserer Pressekonferenz geschickt worden ist, ist eigentlich eine Auszeichnung für uns. Außerdem hat sie im Grunde doch getan, was ihr Beruf ist, oder? Das war doch genau, was wir wollten, dass sie sagt, oder?« »Ja, schon, aber wo war die Frage?« »Egal, antworten Sie einfach, wie mit dem Propagandaministerium abgesprochen, was auf Seite 6 Ihres Manuskriptes steht.« Genosse Wang musste schmunzeln. Die Kollegin der staatlichen Nachrichtenagentur hatte Subversion bewiesen, ohne ihrer bezichtigt werden zu können. Vielleicht würde auch sie einmal ein Denkmal erhalten. Vielleicht war sie aber auch gar nicht subversiv und hatte einfach keine Lust mehr, Nicht-Fragen in Fragen verpacken zu müssen, nur um so zu tun, als würde sie tatsächlich eine Frage stellen. Sie wirkte müde. Genosse Wang konnte das gut verstehen. Der Justizminister fühle sich plötzlich ziemlich dumm. Ihm schien zu offensichtlich, was er jetzt zu tun hatte. Aber er würde es der Kollegin der staatlichen Nachrichtenagentur heimzahlen. Bevor er ansetzte, den zweiten Absatz auf der sechsten Seite des Manuskripts noch einmal zu verlesen, verlas er ganz schnell noch ein paar aktuelle Zahlen über laufende Prozesse, für die es im Manuskript leider keinen Platz mehr gegeben hatte. Er wusste genau, dass die Mitarbeiterin der staatlichen Nachrichtenagentur nun gezwungen sein würde, nach der Pressekonferenz bei seinem Propagandachef um die Zahlen zu betteln. Denn die Antwort auf ihre Frage hatte sich in der Meldung der staatlichen Nachrichtenagentur zu finden. Die Kollegin der Nachrichtenagentur blitzte ihn böse an. Sie durchschaute das Spiel des Justizministers. Unwillig schrieb sie mit. Allerdings kam sie erwartungsgemäß mit dem Tempo nicht mit. Und nachdem die Zahlenkolonne beendet war und der Justizminister nach Plan vorlas, schickte sie ihrem Chef und Geliebten ein SMS: »Antwort nicht wie vereinbart. Unnötige Zahlen zitiert. Können wir die weglassen?« Unmittelbar darauf summte ihr Telefon: »Muss ich mit PropMin klären. Sehe ich dich heute?« Sie antwortete wütend: »Entweder PropMin wäscht JustMin den Kopf oder kein Sex. Ich werde bei Fettsack nicht um Zahlen betteln.« Noch schneller als die erste kam die nächste Antwort: »Ich tu mein Bestes, Schatz.« Die nicht mehr ganz so junge Kollegin sagte stumm zu sich selbst: »Das würde ich dir auch empfehlen, Liebling. Sonst ist nämlich Sense. Ich lasse mich hier doch nicht verarschen. Dass ich überhaupt noch zu solch dämlichen Pressekonferenzen gehen muss nach all den Jahren …« Den Chefredakteur und Geliebten ließ sie schmoren. Er sollte kein SMS mehr von ihr erhalten, und Sex schon überhaupt nicht, wenn diese sinnlose Pressekonferenz nicht als copy/paste-Aktion ihr Agenturende finden würde. Denn das wirklich Einzige, was die nicht mehr ganz so junge Kollegin heute noch vorhatte, war ein Besuch bei der Kosmetikerin. Sie wollte weder diese sinnlose Meldung verfassen noch wollte sie gar Zahlen nachjagen. Und die dämlichen Liebesschwüre ihres geliebten Chefredakteurs wollte sie schon gar nicht hören. Sie war versucht, diese Meldung per E-Mail an die Redaktion zu schicken und danach einfach ihr Mobiltelefon abzudrehen. Sie hatte das alles heute nämlich ziemlich satt. Genosse Wang sah das ganz genau. Die Genossin von der staatlichen Nachrichtenagentur, die ihm schon öfter mit ihren perfekten Fragen aufgefallen war, saß nämlich zu seiner Linken. Er hatte genau gehört, was sie sich selbst zugeflüstert hatte. Und jetzt konnte er den bösen Blick, den sie ihm zuwarf, genau sehen. Warum, zum Teufel, ließ sie an ihm aus, was das Propagandaministerium, ihr Chef, von dem er nicht wusste, dass er gleichzeitig ihr Geliebter war, und das Justizministerium ihr eingebrockt hatten? Ausgerechnet an ihm, der ihrer perfekten Nicht-Frage so voller Bewunderung zugehört hatte, ihm, der in diesem Augenblick solche Achtung vor ihr bekommen hatte, dass sie es gewagt hatte? Was würde sie wohl sagen, wenn sie wüsste, mit welchem Vorsatz er hergekommen war? Der Mund würde ihr offen bleiben vor Staunen darüber, wie viel mutige Männlichkeit sich hinter seinem schlecht sitzenden Anzug und seinem harmlosen Gesicht verbarg. Er würde noch zwei Fragen zulassen und dann würde er sich melden. Er, Genosse Wang, der ewige Zweite, der gewissenhafte, aber geknechtete, brave Schreiber des *Volksblattes*. Heute würde er es allen zeigen! Und heute würde er es gleich zwei Frauen beweisen! Die duftende Zhang und die bissige Namenlose würden ihm beide zu Füßen liegen! Genosse Wang schwelgte schon in seinem Sieg, er weidete sich an seinem eigenen Heldenmut und bemerkte dabei nicht, dass sich niemand mehr für andere Fragen melden wollte. Er kam erst wieder zu sich, nachdem der Propagandachef des Justizministeriums laut und für alle hörbar seinen Namen aussprach: »Da es keine weiteren Fragen mehr gibt, erlaube ich mir zu fragen, ob nicht Genosse Wang vom *Volksblatt* noch eine Frage hat. Genosse Wang? Heute keine Frage? … Genosse Wang?« Die nicht mehr ganz junge Bissige tippte ihm auf die Schulter. Sie hatte dabei ein triumphierendes Lächeln auf dem Gesicht. Es war, als wollte ihm dieses Lächeln sagen: »Na, du kleiner Feigling, jetzt zeig einmal, ob du was draufhast.« Da riss es ihn aus seinem Tagtraum. Der Propagandachef sprach noch einmal deutlich seinen Namen aus: »Genosse Wang?« Wie in Trance stand Wang auf, in seinem Kopf mischten sich die Worte: Todesstrafe, Höchstgericht, Staatsgeheimnis, Delikte, Geheimnis, warum? Ja, warum er? Warum jetzt? Sie war weg. Völlig verschwunden. Weggeblasen. Futsch. Wang hatte seine Frage nicht mehr. Er hatte keine Ahnung, wo sie verloren gegangen war und warum. Wochen des Vorsatzes und Stunden der Arbeit waren wie weggeblasen. Wang zitterte und hatte Mühe, die trocken aneinander festgeklebten Lippen zu lösen. Aber was sollte er mit seinen Lippen jetzt schon großartig sagen, so es ihm doch gelingen würde, sie mit Gewalt voneinander zu trennen? Er hatte die richtige Frage verloren. Stattdessen hatte er plötzlich ein Mikrofon in der Hand. Stattdessen fühlte er sich jetzt wie auf einer Bühne und als wäre ein Spot auf ihn gerichtet. Der Schweiß floss an seinem Oberkörper entlang, das Hemd begann an ihm zu kleben, er schien zu zerfließen, aber sein Mund blieb trocken. Wang fühlte sich wie bei seiner ersten Prüfung in der Schule. Er fühlte sich schrecklich. Alle Flüssigkeit schien aus ihm zu fließen, ohne auch nur einen Tropfen an Speichel übrig zu lassen, mit dem er sich die trockenen Lippen hätte benetzen können. Also schritt er zum Gewaltakt. Und plötzlich öffnete er den Mund und es wurde tatsächlich aus diesem Mund gesprochen. Wang konnte sich dabei zuhören, wie er sprach. Aber Wang wusste ganz genau, dass es nicht

Wang war, der da sprach. Denn der wahre Wang wollte nicht sagen, was da jetzt gesagt wurde. Aber der wahre Wang hörte diesem anderen Wang dabei zu, wie irgendein Wang im Namen eines wehrlosen echten Wangs sagte: »Genosse Justizminister, bitte verzeihen Sie meine Unachtsamkeit. Vielen Dank für Ihre Ausführungen. Als Vertreter des *Volksblattes* bitte ich darum, mir eine Frage zu erlauben. Ist es nicht so, dass die Rückführung der Überprüfung aller Todesurteile zum Höchstgericht ein Ausdruck des Volkswillens ist, der in diesem Höchstgericht den Garanten der Staatsordnung sieht und in der Todesstrafe eine gerechte Strafe für Taten, die das Volksempfinden zu Recht als abscheulich ablehnt und mit allen Mitteln bekämpfen will? Und ist es nicht so, dass das nichts daran ändert, dass die Volksgerichte das volle Vertrauen des Volkes genießen und einen wichtigen Beitrag zur harmonischen Entwicklung unserer Gesellschaft und unseres Rechtssystems leisten? Vielen Dank.« Wang hörte noch das Echo seiner eigenen Stimme in den Ohren, oder besser, der Stimme dieses anderen Wang, der sich da jetzt seiner Stimmbänder und seines Körpers bemächtigt hatte und der jetzt gemeinsam mit ihm in den Stuhl sank, auf dem Wang, der Vertreter des *Volksblattes*, bei dieser Pressekonferenz saß. Der wahre Wang vermochte nicht zu sagen, was da gerade geschehen war, aber ihm schien, der Wang, der da gerade gesprochen hatte, entschwebe über ihm. Der echte Wang war wieder allein. Er blickte abwesend in den Raum und in Richtung des Justizministers, der sich wohlwollend seinem Propagandachef zuwandte: »Guter

Mann, den müssen wir uns merken. Er hat genau nachgeplappert, womit wir ihn gebrieft haben. Und sogar zwei Fragen gestellt.« Entspannt und mit einem breiten Lächeln lehnte sich der Justizminister nach hinten und rieb die Hände aneinander. Dann beugte er sich nach vorne und sprach in die Menge: »Genauso ist es, Genosse Wang vom *Volksblatt.* Unser Höchstgericht trägt die Fahne der Entwicklung voran. Und unsere Höchstrichter wissen genau über das Empfinden und die Bedürfnisse des Volkes Bescheid. Denn sie sind, genau wie unser gesamtes Staatsgebilde, legitimiert durch die Diktatur des Volkes. Hand in Hand mit den Volksgerichten, die die Arbeit an der Basis leisten und der Rechtsstaatlichkeit auf allen Ebenen zur Durchsetzung verhelfen, schafft unser Höchstgericht die Grundlage für eine Entwicklung im Sinne unserer Ideale, im Sinne unserer eigenen staatlichen sozialistischen Prägung und im Sinne unseres Volkes. Damit hätte ich alles gesagt und bedanke mich für Ihr Interesse. Auf Wiedersehen, Freunde und Genossen Journalisten.«

Der Justizminister erhob sich mit einem Lächeln. Die Kollegin des Staatsfernsehens packte ihre Unterlagen ein, trippelte zu ihrem Kameramann und tat tatsächlich so, als würde sie mit ihm jetzt darüber diskutieren wollen, was der Sager dieser Pressekonferenz gewesen war. Die bissige Nichtjunge warf ihr Mobiltelefon in die Tasche und ging grußlos weg. Alle anderen packten in einem Stimmengewirr ihre Sachen ein. Nur Wang blieb reglos sitzen. Er hatte keine Ahnung, was gerade geschehen war. Er war auf Autopilot gewesen. Er war immer noch wie ferngesteuert. Sein Hemd klebte an ihm. Die gelockerte Krawatte war verrutscht. Er stand auf. Er hasste sich. Er hasste diesen Wang, der aus ihm gesprochen hatte. In ihm, dem echten Wang, mischten sich immer noch Wortfetzen, die ihm der andere Wang einzupflanzen schien. Sein Kopf dröhnte. Wang wusste nicht, wessen Kopf das war. Seine Beine waren schwer. Wang wusste, es gab keine anderen Beine, mit denen er von hier weggehen könnte. Also ging er mit diesen. Seine Hände zitterten. Das störte Wang nicht, denn er hatte das Gefühl, als gebe es ohnehin nichts mehr zu fassen. Er schleppte sich auf die Straße. Er hatte keine Erinnerung daran, wie er ins Taxi gekommen war. Aber er musste ein Taxi genommen haben, denn plötzlich war er in seinem Büro. Er war noch immer auf Autopilot. Er schaltete den Computer ein und irgendjemand tippte eine Meldung von dieser Pressekonferenz ein und verwendete dafür seine, Wangs, Hände. Plötzlich goss eine Frau, deren Nahen er nicht gerochen hatte, heißes Wasser in seine Tasse. Diesmal traf ihn der Geruch nicht. Zhang bewegte ihn nicht. Sie war zu weit weg dafür. Und er war es auch. Wang wollte sich für das Wasser bedanken, aber er konnte nicht. Keiner der Wangs konnte sich für das Wasser bedanken. Jeder Wang wandte sich ab. Ihm war, als müsste er jetzt sofort weinen. Aber der Drang zu weinen schien wie ein Reflex, ihm lag kein fühlbarer Schmerz zugrunde. Er fühlte nichts. Wangs Augen waren wie Schleusen, die sich öffnen konnten, und das taten sie nun. Genauso, wie sein Mund eine Schleuse gewesen war, aus der ein ganz anderer Schwall gekommen war als der, von dem Wang geträumt hatte, als der, auf den Wang hingearbeitet hatte. Dieser jemand, der sich seiner Hände bedient hatte und vor Stunden seinen Kopf in Besitz genommen hatte, tippte weiter. Der wahre Wang fühlte sich, als wäre sein wahres Gehirn wie ein Filter, durch den Worte fließen, deren Herkunft er nicht kannte. Er hatte keine Ahnung, woher das alles kam. Er konnte nicht einmal wirklich darüber nachdenken, woher das alles kam. Er tippte wie manisch. Nun würde er restlos verrückt werden. Schließlich hörte er auf und zog eine Zigarette aus der Schublade seines Schreibtisches. Wang rauchte nur noch selten. Er wusste gar nicht, ob er es war, der diese Zigarette rauchen wollte oder irgendwer anderer. Er zündete sie an, zog an ihr, inhalierte tief und blies den Rauch wieder hinaus. Er starrte auf den Rauch, und er starrte darauf, wie der Artikel, den er gerade geschrieben hatte, immer wieder sichtbar wurde, wenn der Rauch sich verzog. Er wollte mehr Rauch vor diesem Computer. Er wollte nicht sehen, was da auf dem Bildschirm zu lesen war. Er hatte keine Ahnung, was da stand. Er wollte es auch gar nicht wissen. Sein Blick ging ins Leere. Die Zigarette schmeckte ihm. Das zumindest glaubte Wang, falls es wirklich er war, der das glaubte und der hier rauchte. Nach dem fünften Zug stellte er fest, dass sein Chef schon eine ganze Weile hinter ihm gestanden hatte. Sein Chef hatte durch all den Rauch hindurch den Artikel vom Monitor abgelesen. »Sehr gut, Wang«, klopfte er ihm anerkennend auf die Schulter, »Wang, ich hätte nicht gedacht, dass ich das noch erlebe. Nach all den Jahren ist das dein bester Artikel. Das Justizministerium war voll des Lobes über deine intelligente und prägnante Frage. Du bist ein Propagandaarbeiter ersten Ranges. Also eigentlich habe ich es immer schon gewusst. Bravo, Wang. Und dieser Artikel ist brillant. Ich bin beeindruckt, Wang.« Wie in Zeitlupe drehte sich Wang in Richtung der Worte, die er gerade wie ein blechernes Echo aus einem undefinierbaren Nichts gehört hatte, das wohl ein menschlicher Mund gewesen sein musste. Zigarettenasche fiel von seiner nun reglosen rechten Hand. Er hatte keine Ahnung, was er da genau gehört hatte. Es dauerte ein wenig, bis er verstand, wer diese Worte gesprochen hatte. Er hatte auch keine Ahnung, was da genau geschrieben stand oder wer genau es verfasst hatte. Jetzt, plötzlich, öffneten sich seine Augen wirklich, als wären sie Schleusen. Die Verzweiflung floss aus ihm, aber man sah ihm nicht an, dass er verzweifelt war, denn der Rest seines Gesichtes blieb reglos. Alles, was man sehen konnte, war, dass er offensichtlich weinte. Stumm, lautlos, ohne sich dabei zu bewegen und krampfhaft versucht, den Atem anzuhalten. »Aber Wang«, klopfte ihm der Chef noch einmal auf die Schulter, »ein Mann muss doch nicht gleich weinen, wenn ihm etwas gelingt. Es ist die Aufgabe eines Mannes, sein Bestes zu geben. Das ist ein Grund, um zu feiern, nicht um zu weinen. Geh doch in eine Karaoke-Bar und betrink dich ordentlich. Und dann kauf dir ein Mädchen, du hast es dir verdient.« Glücklich zog der Chef ab. Wang hingegen blickte plötzlich geradewegs in die Augen der schweigenden Zhang, die nun gekommen war, um die unberührte Tasse zu entfernen, den

Tee wieder auszuschütten und die Tasse zu spülen, sodass sie morgen für den neuen Tag wieder sauber sein würde. Wang sah die Genossin verschwommen vor sich und starrte sie aus seinen tränenden Augen, als wären es nicht die seinen, eine gefühlte Ewigkeit lang an. Er errötete nicht. Er fühlte nichts. Er sagte nichts. Sie sagte auch nichts. Schamvoll und mitleidig senkte sie den Blick, nahm die Tasse weg und ging. Was dann geschah, wusste Wang nicht mehr. Irgendwie kam er nach Hause und fiel erschöpft in sein Bett. Irgendjemand schlief an seiner Stelle ein. Es ging langsam. Denn irgendjemand wirbelte in seinem Kopf Worte durcheinander, die nicht verschwinden wollten und deren Bedeutung der wahre Wang nicht verstand. Sein Kopf schmerzte. Sein Nachbar schnarchte. Das konnte Wang durch die Wand hören. Ein verirrter Moskito, der dem Wetter zu trotzen verstanden hatte, surrte und setze sich schließlich auf Wangs Gesicht. Wang ließ es geschehen. Der Stich war das erste Gefühl, das er nach Stunden der Trance wieder wahrnahm. Dann schlief er ein.

Am selben Abend musste der Präsident des Staatsrates noch etwas länger in seinem Büro bleiben. Unter einer einsamen Lampe, die nur einen Teil seines Arbeitszimmers und nicht einmal den ganzen Schreibtisch beleuchtete, hob er das Telefon ab. Endlich war das Gespräch verbunden worden. Der Präsident des Staatsrates war etwas ungehalten, dass es so lange gedauert hatte. »Genosse Justizminister«, sagte der Präsident des Staatsrates, » ich habe dich in meinen Staatsrat geholt, weil ich hohe Stücke auf dich halte. Aber zum Zwecke des Fortschritts unseres Landes und unseres gemeinsamen, auch politischen, Wohles ist es wichtig, dass sich jeder Kader, auf welcher Ebene auch immer, an die Regeln der Propagandaarbeit hält. Dein Ministerium untersteht in seiner Öffentlichkeitsarbeit wie jedes andere den Vorschriften und Erlässen des Propagandaministeriums. Diese Regelung wurde nicht ohne Sinn eingeführt. Sie dient unser aller Wohl. Ich bitte dich, unsere staatliche Nachrichtenagentur, die für die Verbreitung der Nachrichten über die Errungenschaften unseres Staatsrates sorgt, bei ihrer Arbeit zu unterstützen. Ich danke dir für deine Zusammenarbeit. Gute Nacht.« Gerade als der Justizminister zur Antwort ansetzen wollte, stellte er fest, dass der Hörer am anderen Ende der Leitung schon aufgelegt worden war. In den wenigen Sätzen davor war ihm das Gesicht geraubt worden, wie es ihm nie zuvor geschehen war. So direkt hatte ihn der Präsident des Staatsrates noch nie kritisiert. Der Justizminister musste sich also von der Bissigen offen demütigen lassen. Alles, was er jetzt noch tun konnte, war, in Absprache mit dem Propagandaministerium und der staatlichen Nachrichtenagentur dafür zu sorgen, dass die Bissige nie wieder bei einer seiner Pressekonferenzen auftauchen würde, denn er würde die Schmach ihrer gemeinen Fragen nicht noch einmal ertragen. Es konnte nur eine Lösung geben: Die Bissige musste befördert werden. Also griff der Justizminister zum Telefon und teilte dem Propagandaminister mit, dass die Bissige in eine höhere Position gehoben werden musste. Wenig später rief der Propagandaminister den Chefredakteur der Nachrichtenagentur an, um ihm mitzuteilen, dass die höchst fähige Mitarbeiterin, die er heute zur Pressekonferenz des Justizministeriums geschickt hatte, zu Höherem berufen sei. Leider konnte der Chefredakteur nicht ans Telefon. Er war gerade zu sehr damit beschäftigt, die bissigste, aber unwiderstehlichste seiner Mitarbeiterinnen wieder in gute Laune zu versetzen, auf dass er heute doch noch zu etwas Sex käme.

2.

GENOSSE LI DREHTE SICH mit einem befriedigten Grunzen zur Seite. Er hatte sich schon seit Langem nicht mehr so entspannt gefühlt. In seinem Kopf war nichts. In seinem Mund hingegen waren die anhaltenden Reste der Unmengen an Baijiu, die er an diesem Abend in sich hineingeschüttet hatte und die er, so wusste er, obwohl er gerade nichts wusste, noch stundenlang nicht loswerden würde. Seine Zunge klebte an seinem Gaumen. Sie klebte dermaßen an seinem Gaumen, dass er sie dort angewachsen wähnte, ihm war sogar, obwohl ihm gerade gar nichts war, als wäre sie dort immer schon angewachsen gewesen, nicht gerade erst und nur in diesem Augenblick, den er wahrnahm, obwohl er eigentlich nichts wahrnahm. Es war ein wunderbares Gefühl. Nur in völliger Besoffenheit wurde ihm der Genuss zuteil, ganz Li zu sein, ohne sich als Li fühlen zu müssen. Und er suchte sich immer den besten Li aus, der er nun gerade sein wollte. In diesem Augenblick war er der echteste Li, den er sich nur vorstellen konnte. Nur kurz beschlich ihn der Gedanke, dass seine Zunge nicht natürlicherweise dorthin gehören würde, dorthin, am Gaumen angewachsen, und dass sie eigentlich auch nicht so trocken sein sollte. Aber er fühlte sich sogar zu wohl, um sich zu fragen, wo er ein Glas Wasser herbekommen könnte, um diesen Alkohol und den penetranten Geschmack, den er hinterlassen hatte, wegzuspülen. Genau genommen spürte er natürlich auch gar nicht, wie die trockene Zunge an seinem trockenen Gaumen hing. Diese Zunge hatte mit dem perfekten Li nichts zu tun. Sie war ein Fremdkörper an seinem Gaumen, der sich anfühlte, als wäre es ebenfalls nicht seiner. Genosse Li wollte schlucken, aber er traute es sich nicht zu, mit diesem fremden Gaumen, der sicher einem minderwertigeren Wesen gehörte und daher seinem Schluckbefehl sicher nicht folgen würde, ganz abgesehen davon, dass er nicht so in die Realität zurückgeholt werden wollte. Also blieb er reglos. Er fühlte sich dermaßen befriedigt, dass ihm nicht einmal danach war zu atmen. Ihm schien, dass das Motorrad, das gerade vor dem Fenster auf der Straße zu hören war, geradewegs durch seinen Kopf fuhr. Sein Kopf war ein langer, dunkler und leerer Tunnel. Das Licht des Motorrades blitze in diesem Tunnel kurz auf. Das Dröhnen des Motorrades kam bei einem Ohr in seinen Tunnel und beim anderen wieder heraus. Genosse Li war dem Hören des Dröhnens wehrlos ausgeliefert. Gerade hatte ihn etwas überfahren. Aber er fühlte sich noch immer wohl, weil nicht bei sich und daher in der tiefen Gewissheit, dass das nicht sein Kopf gewesen sein konnte, der da gerade aufgedröhnt hatte.

Ihm war noch immer nicht danach zu atmen. Und dennoch holte er tief Luft. Während er sich von dem kleinen Körper, der unter ihm lag, löste, machte sein verschwitzter und schwabbeliger Bauch einen Klatschlaut, als wolle er seinem Meister applaudieren. Genosse Li hatte den kleinen Körper unter sich gerade rekordverdächtige fünf Minuten lang bearbeitet. Das konnte er auf seiner Armbanduhr ablesen, auf die er, wie in einem Reflex, sofort einen Blick warf. Genosse Li sah danach immer zuerst auf seine goldene Armbanduhr der Marke Rolex, von der jeder glaubte, sie sei echt. Sie sah so echt aus, dass sogar Li selbst vergessen hatte, dass sie eine Fälschung war. Aber das war auch völlig egal. In seinem Büroumfeld wusste niemand, wie eine echte Rolex aussah, und wenn er hohe Kader traf, ließ er die Rolex zu Hause. »Mensch, war ich heute gut«, sagte Li zu sich selbst und grunzte vor Freude und Befriedigung noch einmal und stellte fest, dass seine Zunge doch zu ihm gehörte und sein Gaumen, der sich im Augenblick der Erleuchtung über den Fünf-Minuten-Rekord doch gelöst hatte, nun brannte, ganz abgesehen davon, dass auch dieser brennende Gaumen der seine war. Diese bittere Erkenntnis konnte seine Freude nicht trüben. Noch war er der perfekte Li. »Und, hat es dir gefallen?«, fragte er den Körper neben sich, »du kannst mir ruhig sagen, dass es dir gefallen hat. Und du kannst mir auch sagen, dass es dir noch nie jemand so gut besorgt hat wie ich, ich ziehe dir deshalb nichts ab. Im Gegenteil, wenn du jetzt endlich zugibst, dass es dir noch nie jemand so gut gemacht hat und ich der beste Mann bin, mit dem du je die Ehre gehabt hast, in die Kiste zu hüpfen, gibt es sogar noch Trinkgeld. Obwohl, eigentlich sollte ich mich von dir bezahlen lassen, so gut wie ich war.« Li grinste vor Selbstzufriedenheit und erwartete einen dankbaren Blick als Antwort. Der kleine Körper neben Li versuchte, seinen Mund zum Lächeln zu bringen, aber alles, was dieser Mund zustande brachte, war, sich angewidert zu verziehen. Die Hände des kleinen Körpers fassten nach einem der Kleenex-Tücher, die auf dem Nachttisch lagen, fein säuberlich verstaut in einer bestickten Hülle, und wischte den Beinzwischenraum des Körpers ab. Die andere Hand schnappte mit einem anderen Kleenex schnell das Kondom, das sich bereits vom Glied des Genossen zu lösen und daher auszufließen begann und ballte sich wütend zur Faust. Dann hüpfte der Körper aus dem Bett, warf weg, was da in der rechten und linken Hand gefangen lag, und ging ins Badezimmer. Genosse Li hatte nicht etwa den Namen des Mädchens vergessen. Er hatte erst gar nicht danach gefragt. Genosse Li fragte nie nach dem Namen. Ihm schien sinnlos, für die wenigen Stöße, die er diesen Mädchen, nachdem sie ihn erst massiert hatten, widmete, überhaupt nach etwas anderem als dem Preis zu fragen. Aber nun, nach den unschlagbaren fünf Minuten, die sein Sex heute gedauert hatte, und nach so vielen Stößen, dass er zum ersten Mal in seinem Leben sogar aufgehört hatte mitzuzählen, tat es ihm doch leid, dass er den Namen des Mädchens nicht wusste. Li beflog ein ungeahntes Gefühl, das er fast als Zärtlichkeit auslegen wollte. Ihm schien, als wäre er in seinem ganzen Leben nie länger bei einer Frau gewesen als bei diesem namenlosen Mädchen mit dem kleinen Körper, aber nun, da er versuchte, sich an das Gesicht der Kleinen zu erinnern, hatte er kein Bild vor sich. Ihm schien sogar, dass er nie zuvor in seinem Leben einer Frau näher gestanden hatte als ihr, aber er hatte keine Ahnung, warum das so war. Er wusste nicht mehr, wie sie aussah, abgesehen von ihrem Beinzwischenraum, dem er einen längeren Blick gewidmet hatte, bevor er in ihn eingedrungen war. Er wusste auch nicht, wie sie gerochen hatte. Und er wusste auch gar nicht mehr, ob sie irgendeinen Laut von sich gegeben hatte. Genosse Li war erst wieder zu sich gekommen, als ihm das rosarote Kondom der Marke »Großer Tiger« von seinem halb erschlafften Glied gezogen worden war. Als dieser Gummi von ihm gezogen worden war, war ihm plötzlich bewusst geworden, wie trocken sein Gaumen war und wie schmerzhaft leer sein Kopf. Genosse Li hatte furchtbaren Durst. So hatte er eigentlich nicht vorgehabt, seine Ekstase zu beenden. Eigentlich hätte er sich gewünscht, dass der Kopf der Gesichtslosen nun an seiner Brust läge und er, stark und männlich, seinen Arm um die Schulter des Mädchens legen und dabei versuchen würde, mit den Fingerspitzen ihre rechte Brustwarze zu fassen, während seine linke Hand die Zigarette halten würde, an der er genüsslich zog. Und zwar weitere fünf Minuten lang. Während er rauchte, würde eine kleine Hand sein Glied fassen und ihn auffordern, es jetzt sofort noch einmal zu tun, weil er der großartigste Mann auf diesem Planeten sei. Und dieses zweite Mal würde er gratis bekommen, genau so, wie es dem grandiosesten Liebhaber der Welt gebührt. Noch bevor der kleine Mund zärtlich »Ich liebe dich« hauchen könnte, denn es konnte keinen Zweifel daran geben, dass man sich in einen Mann, der es ganze fünf Minuten lang machen konnte, auf der Stelle und unumkehrbar verlieben musste, würde Genosse Li die Zigarette in einem Schwung ausgedämpft haben, gleichsam in ein und derselben Drehung die Zigarette in den Aschenbecher und sich selbst wieder in den Beinzwischenraum befördern und ansetzen zu einem zweiten Mal und dabei einen neuen Rekord aufstellen. Ganze sechs Minuten lang. So hätte dieser Abend in Li's Vorstellung eigentlich enden sollen. Stattdessen lag er jetzt allein in diesem Bett und auf einem verschmierten Leintuch, auf dem vor ihm schon unzählige Männer gelegen hatten, und fühlte sich plötzlich furchtbar nackt und unangenehm. Genosse Li griff zu seiner Zigarettenschachtel und dem Feuerzeug. Er fasste die Zigarette tatsächlich mit der linken Hand. Seine rechte war nämlich damit beschäftigt, sein verklebtes und geschrumpftes Glied wieder in die Lage zu bringen, in der es für gewöhnlich lag. Genosse Li zupfte gedankenverloren an seinem Schamhaar, wischte, was er aus diesem zu lösen vermochte, in das Leintuch, betrachtete noch eine Weile die Reste seiner Männlichkeit mit Trauer und deckte sich dann mit Abscheu und in einem plötzlichen Gefühl der Einsamkeit zu. »Wie heißt du eigentlich?«, schrie er in Richtung Badezimmer, in dem er gerade einmal ein angewinkeltes Bein sehen konnte. Er schrie lauter, weil er meinte, er könne wohl nicht gehört werden wegen des fließenden Wassers und der leisen Musik im Hintergrund. »Wie du heißt, wollte ich wissen«, schrie er noch einmal. »Ich glaube nämlich, dass du mir gefallen könntest.« »Wie bitte?«, trat das Mädchen aus dem Bad. »Was hast du gerade gesagt?« »Ich wollte wissen, wie du heißt, weil du mir vielleicht gefallen könntest.« Das Mädchen blickte ihn ungläubig an und prustete dann laut heraus: »Du bist ja noch besoffener, als ich gedacht habe.« Plötzlich hallte alles in seinem Kopftunnel. Mit einem Schlag fiel Li ein, dass er auch keine Erinnerung an ihre Stimme gehabt hatte. Diese Stimme war dünn und hoch und so gar nicht wie die Stimme einer Frau, die er womöglich wirklich mögen könnte. »Ich glaube, es ist besser, du sagst jetzt nichts mehr«, sagte Li und klopfte mit der rechten Handfläche auf das Bett, um ihr zu bedeuten, dass sie sich wieder setzen solle. Solange sie den Mund gehalten hatte, war sie nämlich durchaus brauchbar gewesen. Jedenfalls war ihr Beinzwischenraum brauchbarer als ihre Stimmbänder, meinte für Li. »Sag einmal, du besoffener Idiot, spinnst du jetzt völlig?«, zirpte es aus dem kleinen Körper heraus. »Du hattest deinen Spaß und wenn du nicht länger kannst, ist das wirklich nicht mein Problem, sondern deines. Das macht 200 kuai, her damit, und wenn ich wieder aus dem Bad komme, bist du bitte verschwunden.« Das Mädchen ging zurück ins Bad und ließ mit einem lauten Knall die Tür ins Schloss fallen. Li hatte keine Ahnung, was gerade geschehen war. Was meinte sie mit »nicht ihr Problem«? So hatte noch nie eine Frau mit ihm zu sprechen gewagt, und nun musste er so etwas ausgerechnet von einer Frau hören, die er womöglich vielleicht wirklich mögen könnte, weil sie ihm zu einem neuen persönlichen Rekord verholfen hatte. Fünf Minuten! Das waren unglaubliche fünf Minuten gewesen, und wenn er es ihr beweisen könnte, würde er jetzt ohne jedes Problem sechs Minuten schaffen. Welcher Mann konnte das schon? Hatten ihr diese fünf Minuten gar nichts bedeutet? Die hatte offensichtlich keine Ahnung, wen sie hier so abserviert hatte. Li dämpfte vor Wut die Zigarette aus und zündete unmittelbar danach gleich eine andere an.

Da läutete sein Telefon. Er fluchte und verbrannte sich den Finger, während er herauszufinden versuchte, in welcher Tasche sein Mobiltelefon war. Dann fischte der verbrannte Finger das Ding aus der Jackentasche, und weil ja nun die andere Hand die Zigarette halten musste, verbrannte sich Li noch einen Finger. Li wollte das Telefon gegen die Wand schleudern aus Wut über die verbrannten Finger und die Geringschätzung seiner phänomenalen Männlichkeit, aber er war zu schwach dazu. Alles, was er aus Wut noch vermochte, war, zu dem Menschen, der es gerade wagte, ihn anzurufen, so unfreundlich wie nur irgendwie möglich zu sein. »Ja«, jaulte Li verzerrt und gelangweilt in sein Telefon. Dann traf es ihn wie der Blitz und daher schwieg er zwei Sekunden lang. »Jawohl, Vater!« Li richtete sich auf. Er konnte gar nicht anders. Das schmierige Betttuch fiel von ihm. Das traurige Werkzeug seines Weltrekords baumelte nackt an seinem schutzlosen Ich. Aber Li sah nicht hin. Er stand aufrecht, die Schultern nach hinten, das Kinn nach vorne, in diesem kalten Raum, auf diesem geblümten Teppich, vor einem Kunstfaservorhang, hinter dem schon wieder ein Motorrad zu hören war. »Vater, jawohl. Jawohl, Vater!« In den langen Pausen, in denen er zum wütenden Schweigen verdammt war, richtete er sich immer weiter auf. In seinen eigenen Gedanken war Li nun der stolze Soldat, der am Tiananmen-Platz die Fahne hisst. Er war die Wachablöse. Er war die Garde. Er zeigte Disziplin. »Genau so, mein Vater. Jawohl!« Über seinem Kopf flogen die Kampfflieger der Volksbefreiungsarmee, um ihn herum war eine Parade, wie man sie nur alle zehn Jahre einmal sieht. Der Große Vorsitzende fuhr gerade in der schwarzen Limousine der Marke »Rote Fahne« an ihm vorbei, und Li fühlte sich genötigt, mit all seiner Kraft »Dem Volke dienen«, zu schreien. Stattdessen schrie er nur: »Jawohl, mein Vater.« Die Massen rund um ihn wogten, sie verschmolzen ihre Einzelkörper zu Gesamtkunstwerken, sie verstanden es, zu skandieren, mit voller Seele und dabei mit solch unglaublicher Haltung, wie Li sie nun angenommen hatte. Seine Füße hoben sich in dieser Kälte rot vom Blumenmusterteppich ab, sein Glied war noch weiter geschrumpft, sein Haar stand ihm zu Berge vor Kälte und vor Schreck vor seinem Vater. Aber nichts von alledem zählte, denn Li zeigte Disziplin. »Jawohl«, sagte Li noch einmal. »Ihr Wunsch ist mir Befehl, Vater«, sagte er noch und dann legte der Vater auf. Kampfflugzeuge brausten durch Li's Kopf. Seine Augen waren ein Feuerwerk. Li stand noch eine ganze Weile nackt, frierend und völlig verloren auf diesem Blumenmusterteppich. Die Kampfflieger und die Massen verzogen sich aus seinem Kopf. Dann warf er das Mobiltelefon aufs Bett und schrie wütend aus sich heraus: »Du verdammtes, blödes, altes, egoistisches Arschloch! Du Arschloch, du! Ich bringe dich um! Mit meinen eigenen Händen werde ich dich erwürgen, du Arschloch! Verdammtes Arschloch!« Er musste etwas zertreten, also trat er auf die rosarote Blume auf dem sinnlosen Blumenmusterteppich, auf die rosarote Blume nämlich, die direkt neben der gelben Sonne zu finden war, nicht etwa auf die andere am Rand des blauen Sees, obwohl Li's Wut so groß war, dass er all die unzähligen rosaroten Blumen auf dem dämlichen Teppich zertreten wollte. Erst wollte er sie zählen, dann würde er sie einzeln zertreten. Er würde laut mitzählen, während er eine nach der anderen kaputttreten würde. Und die verdammte Sonne dazu. Aber ihm fehlte die Kraft. Li war gerade dabei, auf das Bett zurückzusacken und in einen Weinkrampf auszubrechen, als sich die Badezimmertür hinter ihm wieder öffnete. »Jetzt bist du wohl völlig übergeschnappt?«, fragte das Mädchen, das sich mittlerweile wieder in seinen hautengen Minirock geworfen hatte, mit einer Stimme, die ihm, obwohl das Mädchen selbst vor Zorn schon rot anzulaufen schien, viel ruhiger schien als die, die er von ihr in Erinnerung hatte. »Ich habe nicht dich gemeint«, schluchzte Li. »Ach, nein?« fragte das Mädchen mit einer Stimme noch tiefer als zuvor. Und dann geschah fast das, wonach Li sich gesehnt hatte. Das Mädchen sah ihn lange an. Es trat einen Schritt näher und sah ihn noch einmal an. Das Mädchen schien ihm zu glauben. Das Mädchen schien sogar zu sehen, dass es ihm gerade gar nicht gut ging. Diese jämmerlichen fünf Minuten mussten ihn wohl gekränkt haben, dachte das Mädchen. Das tat dem Mädchen leid. Und sie konnte dem Genossen nun wohl kaum zum Trost sagen, dass ihr 200 kuai in fünf Minuten bei weitem lieber waren, als 30 Minuten lang so tun zu müssen, als ob. Also setzte sich das Mädchen hin und legte den Arm um ihn. Li lehnte seinen Kopf an ihre Schulter und schwieg. Mit einem Mal war sein Kopf wieder leer. Das nächste Motorrad klang angenehm in den Weiten seines Gehirns. Sie saßen eine ganze Weile so da, bis das Mädchen endlich sagte: »Ich weiß, das könntest du noch länger, aber deine Zeit ist um. Das macht 200 und du machst, dass du von hier verschwindest.« »Willst du mir nicht endlich sagen, wie du heißt?«, fragte Li noch, aber sie lächelte nur und drückte ihm das Hemd in die Hand. Li kannte sich wieder aus.

Er wusste wieder, wo er war, und er wusste auch, mit wem. Aber er wusste noch nicht, wie er seinen Vater beruhigen konnte. Das Projekt *Grüner Hain* war nämlich grandios gescheitert. Und Li's Vater fand es ganz und gar unerfreulich, dass seine *Aufgehende Rote Sonne GmbH*, mit deren Hilfe er an der Entwicklung des Landes mitwirken wollte, offenbar ein Vermögen in den Sand gesetzt hatte. Die symmetrischen Springbrunnen standen zwar, aber ein Großinvestor war pleite gegangen. Und damit nicht genug, hatte der Kader, dem Li den Auftrag weggeschnappt hatte, bittere Rache geübt. *Grüner Hain* würde nicht an die lokale Wasserversorgung angeschlossen werden. Es würde auch kein Stromkabel bis auf das Gelände gelegt werden. Und es würde auch kein Telefon geben. Offiziell war das Wasser in der südchinesischen

Stadt einfach zu knapp und müsste auf dem Gelände des *Grünen Hains* nach wie vor den umliegenden Bauern zugute kommen. Aufgrund der Nahrungsmittelknappheit hatten die Bauern, die einst die Revolution getragen hatten, Vorrang vor den Massen der Mittelklasse. Warum das nur im Fall von *Grüner Hain West* galt, und nicht auch für die *Grünen Haine* davor gegolten hatte, erschloss sich im Augenblick zwar nicht, aber Li's Vater war außer sich vor Wut, und er machte dafür seinen Sohn verantwortlich. Li, der begnadete Zähler, konnte nicht mehr nachzählen, wie oft ihn sein Vater am Telefon einen Versager und eine Schande genannt hatte. Er, der Versager, die Schande, musste es jetzt ausbügeln. Li hatte keine Ahnung, wie er das bewerkstelligen sollte. Er dachte flüchtig an das Mädchen, seinen Beinzwischenraum, das Abschiedslächeln und die rekordverdächtigen fünf Minuten und dachte sich dann nur: Es hätte schlimmer kommen können. Hätte sein Vater in Minute drei angerufen, hätte Li nie seinen persönlichen Rekord aufgestellt. So blieb Li wenigstens dieser Triumph. Zugegeben, es war ein stummer Triumph, denn mit wem sollte er das Wissen darum schon teilen? Aber nun war Li ein Wissender. Das Wissen um seine Großartigkeit würde ihn jedes Hindernis überwinden lassen. Li fühlte sich stark und erwachsen. Und weil er erwachsen war, würde er auch dieses kleine Problem mit dem *Grünen Hain* lösen wie ein richtiger Mann. Li griff zum Telefon, um seinen Bekannten aus der Nationalen Reform- und Entwicklungskommission anzurufen. Er würde ihn bitten, doch irgendeinen Erlass aus der Schublade zu ziehen, der einer Provinz vorschreibt, sich an die von der Zentrale definierten Entwicklungsziele zu halten, vor allem, wenn es um Wohnraumbeschaffung und Trinkwasserversorgung geht. Und er würde ihm anbieten, ihn für diese Mühen zu entschädigen, wie er das schon zuvor getan hatte. Immerhin konnten der Bekannte aus der Nationalen Reform- und Entwicklungskommission und die Familie Li auf eine lange, gute Zusammenarbeit zurückblicken. All das würde Li dem Bekannten natürlich nicht am Telefon sagen. Jetzt würde er ihn nur zu einem Abendessen einladen. Und bei diesem Abendessen würden sich die beiden Herren einigen. Dazu würde der Jungunternehmersohn und Kader Li mit Genehmigung seines Vaters gerne noch einmal eine Einkaufstasche voller Geldnoten mitbringen, denn ein Geschäft erforderte schließlich eine Investition. Li ließ das Telefon lange läuten. Aber im Büro des Bekannten hob niemand ab. Auch das Sekretariat schien verwaist. Er versuchte es auf dem Mobiltelefon. Zu seiner Verwunderung meldete sich dort die Frau des Bekannten: »Li? Welche Überraschung …! Also, dass Sie sich noch bei uns melden! … Haben Sie etwa nicht gehört …?« »Nein, was hätte ich denn hören sollen?« »Nun, wir sind gerade dabei, unsere Koffer zu packen. Mein Mann wurde in die Provinz versetzt, wir werden jetzt im Nordwesten an Entwicklungsprojekten arbeiten.«

»Ach so? So plötzlich …? Wie denn das …? Ich, ähm … wollte fragen, ob ich eine Einladung zu einem Abendessen aussprechen kann … ähm … immerhin sollten wir als alte Freunde doch noch einmal … ähm …

nun ja, Abschied nehmen!« »Ach, Li, vielen Dank für die Einladung, wie freundlich von Ihnen, das könnte sich vielleicht noch ausgehen. Erlauben Sie mir doch, dass ich mich mit meinem Mann berate und wir dann zurückrufen. Guten Tag, Genosse Li.«

Li konnte sich gar nicht mehr verabschieden. Aber er wusste genau, dass das Vielleicht, das er nun gehört hatte, ein Nein war. Er wusste nur noch nicht, dass der *Grüne Hain* nun wirklich unrettbar verloren war, wenn er auch ahnte, dass dieses Telefonat nichts Gutes verheißen hatte. Der Bekannte aus der Reform- und Entwicklungskommission musste in Wahrheit in den Nordwesten, um dort Gras über die Sache wachsen zu lassen. Offiziell konnten seine Chefs sogar als Beförderung verkaufen, was tatsächlich und inoffiziell nichts anderes als eine Abschiebung war. Man hatte ihn vor die Wahl gestellt, entweder freiwillig zu gehen oder wegen Korruption vor Gericht zu landen. Denn irgendwie hatte die Geschichte über den *Grünen Hain* das zuständige Ministerium erreicht. Li's korrupter Beamtenfreund wusste, was in diesem Fall für ihn die bessere Alternative war, und vielleicht war sie sogar ein Wink des Schicksals: Im unterentwickelten Nordwesten konnte man sicher noch viel mehr Geld mit Unternehmern machen.

Es war alles ganz schnell gegangen. Von einem Tag auf den anderen hatte das Politbüro beschlossen, die Abteilung, in der der Beamte arbeitete, neu zu ordnen. Es müsse »größere Durchlässigkeit zwischen den Kadern aus der Zentrale und der Provinz hergestellt werden«, verkündete der zuständige Minister offiziell. Deshalb schickte er den hohen Pekinger Beamten in den Nordwesten, wo »seine Expertise dringend gebraucht würde«. Und den Job des Pekingers würde ein Südchinese annehmen, weil »die Sichtweise und Erfahrungen der Kader aus der Provinz ebenso dringend in die zentrale Politik einfließen müssen«. Genosse Li hätte das alles wissen können, hätte er gestern auch nur einen Blick in die Zeitung geworfen, für die er arbeitete, anstatt den ganzen Tag und die ganze Nacht auf sogenannten Terminen außer Haus zu verbringen. Denn das *Volksblatt* hatte in einer kurzen Meldung über die »provinzübergreifende Kraftanstrengung der nationalen Reform und Entwicklung« berichtet. Hätte Li diese Meldung gelesen, dann hätte er jetzt schon gewusst, dass der begabte Südchinese ausgerechnet aus jener Provinz kam, in der die *Grünen Haine* nur so aus dem Boden sprossen. Die Rache Südchinas an der Zentrale war in diesem Fall wirklich umfassend gewesen. Aber da Li die Zeitung nicht gelesen hatte, hatte er wieder einmal weder Ahnung davon noch Wissen darüber. Eigentlich lebte er gut damit. Sein ganzes Leben lang war er wunderbar damit gefahren, jede aufkommende Ahnung wegzuwischen und sich nie Wissen aneignen zu müssen, weil er andere für sich denken ließ. Und wenn sich Li etwas nicht einfach so nehmen konnte, dann kaufte er es eben. Für Li war alles käuflich und nur eine Frage des Preises. Er war felsenfest davon überzeugt, dass auch der *Grüne Hain* mit dem richtigen Preis wieder zu regeln sein würde. Da fiel ihm ein, dass er sich erst noch ein frisches Hemd kaufen musste. In dem Badehaus, das er vor dem Büro noch besuchen würde, würde es sicher eines geben. Als Rekordhalter, Jungunternehmer, Kader, Profiteur und Strippenzieher musste Li auf sein Äußeres achten. Und dieses würde heute umwerfend sein.

3.

GENOSSE WANG WAR WORTLOS. Er stand mit hängenden Schultern im Raum und ließ, was hier gesagt wurde, über sich ergehen wie eine Schelte. Die Fliege auf dem Plakat am anderen Ende des Zimmers hatte sich aus unerklärlichen Gründen während der letzten drei Sätze nicht bewegt. Vielleicht war sie tot, dachte Wang. Vielleicht war sie auch einfach nur erstarrt. Wang bemerkte gar nicht, wie erstarrt er selbst war. Seine Hände hatten sich schon seit mindestens einer Minute nicht bewegt, sein Blick war halb gesenkt und in dieser Halbsenke zudem halb auf seinem Gegenüber und halb auf der reglosen Fliege auf dem Plakat am anderen Ende des Zimmers. Vielleicht war die Fliege auch gar keine Fliege, vielleicht war sie auch nur ein schwarzer Fleck auf dem Plakat. Vielleicht sehnte er sich diese Fliege auch nur herbei, eine Fliege, die es gar nicht gab, ebenso wenig, wie es ein Wort geben könnte für eine Fliege, die reglos auf einem Plakat in einer Redaktion in der Hauptstadt hängt. »Man müsste ein Wort dafür finden«, sagte Genosse Wang halb zu sich selbst, aber zum Glück hörte ihn sein Gegenüber nicht. Das Gegenüber war zu sehr damit beschäftigt, sich selbst beim Sprechen zuzuhören. Wangs Schultern sanken weiter in sich zurück, ganz so als wolle er, dass ihm Flügel wachsen, wie einer Fliege. Wang wollte klein sein wie eine Fliege. Er wollte Flügel haben. Er fragte sich, warum diese reglose Fliege nicht einfach wegflog, wo sie doch Flügel hatte. Er würde es tun. Wie sehr wollte er nun Flügel haben! Vor allem aber wollte er nichts weiter als ein Fliegengehirn. Die reglose Fliege auf dem Plakat, die womöglich nur ein schwarzer Fleck war, in jedem Fall aber ein Wesen, Ding oder Ereignis, das nicht mit einem Wort zu beschreiben war, dachte sicher nicht so viel nach, wie Wang es tat. Nicht nur sollte es ein Wort für die Fliege auf dem Plakat geben und für ihre Reglosigkeit, es sollte auch ein Wort dafür geben, diese Fliege in ihrer plakativen Reglosigkeit in Kombination mit dem wortlosen Betrachter Wang zu beschreiben. Für diese Situation müsste es ein Wort geben. Denn Wang kannte diese Situation. Er kannte auch das Gefühl. Vielleicht war nicht immer eine reglose Fliege auf einem Plakat dabeigewesen, einmal war es auch ein Blutspritzer auf der Wand des ärztlichen Behandlungssaales, dann wieder ein Kaugummi auf einem Gehsteig gewesen, aber Wang erinnerte sich an das Gefühl dieser Situation. Jetzt fühlte er es wieder. Er wusste jedenfalls, wie es war, wenn jemand mit ihm sprach und er seine ganze Aufmerksamkeit dem Fleck, dem Spritzer, dem Kaugummi oder dem Zigarettenstummel oder Teeblatt widmete, anstatt zuzuhören. Und er hatte kein Wort dafür. Damals, im Behandlungssaal, hatte ihm ein Arzt gestanden, dass er die in seiner Familie seit Generationen grassierende Tuberkulose nie wirklich überwinden würde, aber alles, was Wang von damals in Erinnerung hatte, war, wie er diesen Blutspritzer auf der Wand betrachtet hatte, wie ihn dieser Blutspritzer gleichsam zu sich gezogen hatte, wie er zu diesem Blutspritzer wurde oder jedenfalls werden wollte, zu dem Blut des Menschen, der hier einen Spritzer seines Blutes hinterlassen hatte, ja, zu dem Menschen selbst, dessen Blut hier zurückgeblieben war. Es war bräunlich. Warum nur wurde Blut bräunlich, wenn es eintrocknete? Lag es an dem Eisen im Blut? Gab es dafür ein Wort? Sicher gab es dafür ein Wort. Aber keines für die Situation. Wang hatte damals unter Tuberkulose gelitten und nach einem Wort gesucht. Und ein anderes Mal wieder hatte er nur auf den Kaugummi gestarrt, der vor ihm auf dem Gehsteig klebte, direkt vor der Bank, auf der er gerade saß, als ihm seine nunmehr Ex-Frau eröffnet hatte, dass sie gehen würde. »Du kannst nicht lieben«, hatte sie zu ihm gesagt, aber Wang sah nur den Kaugummi vor sich. Nun, da er sich daran erinnerte, sah er wieder nur diesen Kaugummi vor sich, deutlich und in allen Details, während er Mühe hatte, sich das Gesicht seiner nunmehrigen Ex-Frau in Erinnerung zu rufen. Er wusste nicht, wie sie ausgesehen hatte, als sie ihm, während er so auf den Kaugummi starrte, zugerufen hatte: »Hörst du mir eigentlich überhaupt zu? Ich habe dir gerade gesagt, dass du nicht lieben kannst, Wang. Damit könnte ich leben, denn man muss nicht unbedingt lieben, um zusammen zu sein, aber du bist einfach nie hier, auch dann nicht, wenn du hier bist. Verstehst du mich? … Hast du überhaupt nichts darauf zu sagen? … Hörst du mir überhaupt zu? … Warum hörst du mir nicht zu? … Sieh mich doch an! …Was muss ich eigentlich noch alles tun, damit du mir zuhörst oder mich endlich einmal verstehst? … Wang …? « Der Kaugummi war grau. Er war sicher einmal weiß gewesen, dachte Wang, denn das Grau, das er jetzt zeigte, war nicht gleichmäßig. Und da war dann noch die Stimme dieser Frau, die nicht aufhören wollte zu sprechen: »Wang? … Hättest du endlich die Güte, mir zuzuhören? … Ich weiß einfach nicht, wo du bist, ich habe keine Ahnung, ob du bei mir sein willst oder nicht. Ich habe auch keine Ahnung, ob du mich wahrnimmst oder nicht. In welcher Welt lebst du eigentlich, Wang? Du sprichst nicht. Du zeigst kein Glück. Du zeigst keine Trauer … Ich kenne dich nicht.« Dann wurde es einen Augenblick lang still über dem Grau des Kaugummis. Seine nunmehr Ex-Frau hatte geschluchzt auf der Bank vor dem Wohnblock, der direkt am Kaugummi lag, und Wang starrte weiter. Mindestens ein Passant war auf den achtlos weggeworfenen Kaugummi getreten, der Kaugummi zeigte deutlich das Profil einer Schuhsohle. »Ich werde mich von dir trennen, Wang. Du brauchst mich nicht. Du willst mich auch nicht. Aber eine Frau will gebraucht werden, wenn schon nicht gewollt. Jede Frau, verstehst du? Was ich an Liebe für dich hatte, hast du mit deinem Schweigen zerstört, Wang. Wenn du zumindest mit mir gestritten hättest, dann hätte ich gewusst, dass es irgendein Gefühl in dir gibt. Aber du streitest nicht einmal mit mir. So unwichtig bin ich dir.« Seine nunmehr und in dieser Situation bald Ex-Frau holte ein Taschentuch heraus, schluchzte noch zweimal und schneuzte sich laut. Dann war da wieder das Schluchzen neben dem Kaugummi, von dem Wang seinen Blick nicht lösen wollte. »Aber warum und worüber soll ich denn mit dir streiten, Liebste?«, hörte sich Wang sagen, während er sah, wie eine Passantin mit roten Pumps auf hohem Absatz genau in den Kaugummi trat. Ihr Absatz zog den Kaugummi, der so reglos und ruhig dagelegen war, in die Länge und in eine neue Form. Der rote Schuh hatte Wangs Objekt zerstört. Irgendetwas in Wang wusste, dass es nun angebracht gewesen wäre, nicht nur endlich den Blick vom Kaugummi zu nehmen, sondern auch seinen Arm um seine damals Noch-Frau zu legen, so er verhindern wollte, dass sie zu seiner Ex-Frau würde. Aber Wang konnte diesen Arm nicht heben. Er wusste nicht, wie er ihn heben sollte. Er wusste nicht, wie er trösten sollte oder liebkosen. Und er hatte auch kein Wort dafür. Abgesehen davon, dass er keinen blassen Schimmer davon hatte, wie er nun glaubwürdig seinen Arm um seine Noch-Frau legen sollte, wusste er auch nicht, welches Wort sich hinter einer solch unglaubwürdigen Aktion verbergen würde: War es Trost, war es Dankbarkeit, war es schlechtes Gewissen oder womöglich doch, was die Menschen Liebe nannten? Wang wusste nicht, was zutraf, er wusste nur, alles davon wäre gelogen. Er hatte keinen Drang, seine Noch-Frau zu trösten, er wusste zwar, dass sie seine Dankbarkeit erwartete, aber er wusste nicht, wofür. Er wusste in seinem Wang'schen Kopf auch, dass schlechtes Gewissen für sein anhaltendes Schweigen angebracht wäre, aber er empfand keines. Und noch weniger empfand er Liebe. Er wusste, dass das Nichtheben seines Armes seine Noch-Frau zu seiner Ex-Frau machen würde, aber er wusste auch noch etwas viel Erschreckenderes: dass es ihm nämlich völlig gleichgültig war. Er hob den Blick vom Kaugummirest direkt in das verheulte Gesicht seiner Noch-Frau und sah sie ausdruckslos an. Er hatte nicht das geringste Problem damit, ihr direkt in die Augen zu sehen, denn wieder einmal war es nicht er, wieder einmal waren es nicht seine Augen. Er blickte wie durch einen Schleier. Hinter seinen Augen tobte der Kampf gegen seinen Wahnsinn, aber davon trat nichts nach außen durch seinen gelähmten Blick. Er sagte nichts. Er starrte sie nur leer an. Eine halbe Ewigkeit lang starrte er so, während sie auf ein Wort wartete, eine Geste, eine Hoffnung. Aber es kam nichts. »Du bist ein Arschloch, Wang«, sagte seine Noch-Frau. »Du hast nicht einmal die Eier, mir zu sagen, dass du mich nicht liebst und nicht willst. Du bist zu feige, um es selbst zu beenden. Stattdessen glotzt du mich nur an. Ich wette, du könntest bis an dein Lebensende so mit mir sein, ohne mit mir zu sein, du glotzender, schweigender Feigling!« Sie hatte Recht. Wang hatte weder den Mut zu gehen noch den Willen zu bleiben. Und er überwand beides, indem er sich sagte, dass ihm beides egal war. Er wusste, dass er nichts weiter tun musste, als nichts zu tun, um das zu tun, was er nicht tat. Während er sie wie mit gelähmten Augen ansah, wollte er ihr sagen, dass er gerade jetzt wie schon so lange befürchtete, verrückt zu werden, dass er ihr unmöglich jemals hätte sagen können, was wirklich in ihm vorging, und dass es ihm lieber sei, wenn sie ihn jetzt als kalt und gefühllos hasse als zu erkennen, wie verrückt und kaputt er wirklich war. Er wollte ihr sagen, dass sie vor einem Verrückten, wie er einer war, die Flucht ergreifen sollte, jetzt und sofort. Er wollte ihr sagen, dass er sie zu sehr mochte, um ihr seinen Wahnsinn anzutun, dass er sie zumindest mochte, wenn schon nicht liebte. Und dann wollte er ihr sagen, dass er sie nicht deshalb nicht liebte, weil sie nicht liebenswürdig war, sondern weil er nicht wusste, wie das ging, und weil er nicht wusste, wo er in seiner inneren Unordnung einen Winkel für ihre Liebe freimachen sollte. All das wollte Wang ihr sagen. Aber während er es dachte, regte sich sein Blick noch immer nicht. Und auch seine Zunge war gelähmt. Für einen kurzen Augenblick war ihm, als würde sich sein Arm doch heben, und es war Wang selbst, der aus dieser unwillkürlichen, angedeuteten Bewegung den meisten Mut schöpfte. Vielleicht war er doch nicht ganz so kaputt und verrückt, wie er dachte. Aber es war nur der Bruchteil eines Augenblicks gewesen. Und im nächsten Augenblick fiel Wang zurück in die nicht sichtbare Verzweiflung über seinen schleichenden Wahnsinn und sein Blick zurück auf den zerstörten Kaugummi. »Dieser rote Stöckelschuh hat mein Kaugummiobjekt zerstört«, sagte er ruhig, und als wäre es das Wichtigste auf dieser Welt, zu seiner Noch-Frau, ohne sie anzusehen. Sie stand auf, griff nach ihrer Tasche, schlug ihm mit dieser über den Kopf und rannte weinend weg. Seit damals hatte Wang eine Ex-Frau. Und seit damals hasste er Kaugummis. Und dennoch musste er immer wieder »Ich liebe dich« sagen, wenn er auf der Straße einen sah. Ganz so, als wollte er üben dafür, wie er es beim nächsten Mal besser machen könnte, wenn ihn wieder einmal eine Frau auf der Parkbank neben einem Kaugummi und vor einem Wohnblock verlassen würde. Wang wollte sich auf jede Situation, die das Leben bringen kann, vorbereiten und er wollte für jede Situation ein Wort. Er hatte kein Wort für diese Übungen gefunden, aber er wusste nun, in der Kaugummisituation durfte er auf keinen Fall über den Kaugummi sprechen und in der Tuberkulosesituation auf keinen Fall über den Blutspritzer, und da sich die Situation, in der er nun war, für ihn genauso anfühlte, wie die Kaugummisituation und die Tuberkulosesituation es getan hatten, und er genauso wie damals in den Kaugummi und den Blutspritzer nun in eine echte oder vermeintliche Fliege abgeglitten war, war es das Gebot der Stunde, die Fliege nicht zu erwähnen. Wegen des Kaugummis hatte er eine Handtasche über den Kopf bekommen und seine Frau verloren und die Bemerkung mit dem Blutspritzer brachte ihm wegen »Nichtbeachtung der Notwendigkeiten der öffentlichen Gesundheit angesichts ansteckender Krankheiten« einen Verweis im Personalakt und eine Selbstkritik ein. Was immer Wang nun tun würde, es war am besten, zu schweigen, denn würde er den Mund öffnen, er würde den Drang verspüren, etwas über die Fliege auf dem Plakat zu sagen, und das durfte er nicht. Das wusste er, aber die ganze Anstrengung, die er diesem Vorhaben widmete, wurde nun von einem jähen

Geistesblitz unterbrochen. Gerade jetzt, in der vierten Minute, in der sich die Fliege nicht bewegt hatte, hatte Wang ein Wort für das gefunden, was nun getan werden musste. Er nannte es Detailschweigen. Wang schwieg. Es war nicht schwer. Denn das Gegenüber sprach unaufhörlich weiter.

Seit nunmehr fünf Minuten hatte Wang ein einseitiges Gespräch, das daraus bestand, dass er angesprochen wurde, er selbst aber schwieg und seinen Blick irgendwo zwischen gesenkt und einem unbedeutenden Punkt in der Ferne hielt. Für Situationen wie diese fehlte Wang, wie gesagt, noch ein Wort. Für Situationen wie diese brauchte Wang dringend ein Wort. Denn wann immer etwas Wichtiges in seinem Leben geschehen war, war es genau so an ihm vorbeigeschehen wie jetzt. Ein Arzt hatte ihm erklärt, dass er krank war. Seine Frau hatte ihn verlassen. Sein Chef hatte ihn gerade gelobt. Sein Chef lobte ihn geradezu schon seit Ewigkeiten. War Lob nicht etwas Gutes?, dachte Wang. Irgendetwas passte nicht. Dieses Lob war furchtbar. Wang fiel es schwerer, dieses Lob zu ertragen als die Trennung von seiner Frau oder die Diagnose der Tuberkulose. Er war reglos geblieben, als seine Frau gegangen war, und gleichgültig, als man ihn für krank erklärt hatte, mehr noch, für krank und ansteckend. Es war Wang egal gewesen. Denn er konnte seine Frau nicht mehr anstecken. Diese war nämlich zum Zeitpunkt der Diagnose schon gegangen gewesen und Wang nichts weiter als ein gescheiterter Ehemann, der nun zudem noch krank war. Plötzlich aber war er ein kranker Versager, der gelobt wurde. Das passte nicht.

Diese Situation, die Detailschweigen als Antwort erforderte, konnte mit dem Wort, das Wang für die Situationen davor noch nicht gefunden hatte, nicht beschrieben werden. Das heißt, selbst wenn er nun das Wort fände, wäre es wieder nicht von allgemeiner Gültigkeit. Noch bevor er das Wort gefunden hatte, musste er also schon nach einem neuen suchen. Wie konnte ihm sein Chef das antun? Wie, zum Teufel, konnte er ihn nun loben? Ganze fünf Minuten lang. Das war eine unerträgliche Ewigkeit, vor allem, wenn man diese unerträgliche Ewigkeit lang den Blick halb gesenkt hielt und detailschweigen musste. Wang konnte nicht mehr. Die Fliege flog weg. »Noch einmal, wirklich gut gemacht, Wang«, klopfte ihm der Chef auf die Schulter. »Unfassbar, das war also wirklich eine Fliege gewesen«, sprach Wang zu sich selbst und bewegte plötzlich seine Lippen zu einem Lächeln. »Was haben Sie gesagt, Wang?«, fragte der Chef. »Nichts, gar nichts, Genosse Chef«, verbeugte sich Wang. Er hatte es schon wieder nicht geschafft, detailzuschweigen. Aber zum Glück war sein Chef zu beschäftigt, um nun darüber nachzudenken, warum Wang nach fünf Minuten des Lobs etwas über eine Fliege gesagt hatte. Wang stand immer noch betreten da. Er stand da wie nach einer Schelte. Er hatte kein Gefühl für dieses Lob. Irgendwie kam es in ihm nirgendwo an. Sollte er sich nicht erhoben fühlen oder ein Kribbeln in seinem Bauch spüren oder fühlen, wie sich seine Schultern, als wäre er ein stolzer Primat, heben und seine Brust nach außen gekehrt wird? Sollte er nicht den Drang verspüren, sich auf diese nach außen gekehrte Brust zu klopfen wie ein stolzer Primat?

Ist das nicht, wie man Stolz empfindet? Müsste er nicht im Augenblick gewachsen sein, um zehn Zentimeter und über sich selbst hinaus? Hieß gelobt worden zu sein nicht, dass man darauf mit einem Strahlen reagiert, das für nichts und niemanden zu übersehen ist? Konnte das Lächeln über eine Fliege als Antwort genügen? Beschrieb nicht das Wort Euphorie, was Menschen nach einem solch ausgedehnten Lob fühlen mussten? Wieder so ein Wort, dachte Wang. Wieder einmal empfand er nur Scham. Nur die Erkenntnis, dass, was aussieht wie ein unbeweglicher Fleck, doch eine lebende Fliege sein kann, hatte ihn glücklich gemacht. Ansonsten hatte er auf ganzer Linie versagt, in dieser Situation und vor sich selbst. Und das nicht nur, weil er wieder einmal nicht detailgeschwiegen hatte, weil er es wieder einmal fast vermasselt hätte. Aber auch ganz abgesehen davon gab es überhaupt keinen Anlass zu Lob. Denn während sein Chef meinte, er habe seinen Job gut gemacht, fühlte Wang, dass er wieder einmal gescheitert war. Weder war es ihm gestern gelungen, seinen Wahnsinn mit der perfekten Frage zu besiegen, noch hatte er Zhang ein Liebesopfer gebracht. Zhang … Liebesopfer … Wang zuckte, als er den Begriff »Liebe« vor sich selbst wiederholte. Wie, zum Teufel, hatte er die Begriffe Zhang und Liebe in diesem Augenblick zusammengebracht? Er oder wer immer hatte diese beiden Begriffe nebeneinander gestellt. Was, zum Teufel, hatte in ihm die Begriffe Zhang und Liebe verknüpft? Wie konnte dieses Wort überhaupt in ihm mit etwas verknüpft werden, wo er doch weder an die Existenz noch die Bedeutung des angeblichen Dinges hinter diesem Fantasiewort glaubte, ein Wort, das sicher nur erfunden wurde, um Menschen wie Wang zu verunsichern? Wurde er nun wirklich völlig verrückt? Er musste sich in diesem Wahnsinnsanfall allerdings eines eingestehen: Nun, da er oder wer auch immer Zhang und Liebe in einem Atemzug gedacht hatte, erkannte er, dass die Wort- und Sinneseindruckfolge Zhang und Liebe etwas völlig anderes in ihm auslösten, als wenn er zu einem Kaugummi auf der Straße »Ich liebe dich« sagte. Einerseits empfand er beim Kaugummi nichts, andererseits empfand er bei Zhang etwas Undefinierbares. Und dennoch oder gerade deshalb könnte er Zhang niemals sagen, dass er sie liebte. Das war ein völlig absurder Gedanke. Nicht einmal, wenn er davor an tausend Kaugummis, denen er seine Liebe erklärt, vorbeiginge, würde er es schaffen, diesen Satz vor Zhang zu sagen. Niemals. Das konnte nur bedeuten, dass er sie nicht liebte. Würde er sie lieben, sollte er ihr doch sagen können, dass er sie liebte, oder? Und daher war Wang wahrlich schleierhaft, wie geschehen sein konnte, was gerade geschehen war, dass Zhang und Liebe gleichzeitig durch seinen Kopf und sogar sein Herz, so man das so nennen konnte, geschossen waren. Zudem drückte es ihn schon wieder in der Magengrube. Er musste wohl schlecht gegessen haben. Es kribbelte sonderbar in der Magengrube. Das musste wohl ein noch unerforschtes Symptom der Tuberkulose, die in seiner Familie seit Generationen grassierte, sein. Wang musste ein Wort dafür finden, wie es war, wenn Dinge, die im Kopf nicht verknüpft werden können, dennoch im Kopf verknüpft werden. Das Wort müsste irgendwie in Richtung Kurzschluss gehen oder Synapsen. Er könnte es Synapsenkollaps nennen, wenn es sich um Fehlverknüpfungen handeln würde, die er bisher schon erlebt hatte. Aber das mit Zhang und Liebe bewegte sich auf einer Ebene, auf der man es nur noch Synapsen-GAU nennen konnte. Genau. In seinem Gehirn hatte gerade ein Synapsen-GAU stattgefunden. Es konnte kein anderes Wort dafür geben. Er musste sofort zum Arzt mit diesem Synapsen-GAU, denn wer weiß, was als nächstes geschehen würde. Was, wenn er mitten in einer Pressekonferenz und beim neuerlichen Versuch, die perfekte Frage zu stellen, plötzlich Sehnsucht danach empfände, Zhang nackt vor sich zu sehen oder, schlimmer noch, Zhang zu berühren? Und warum, zum Teufel, empfand er diese Erregung jetzt? Woher kam jetzt überhaupt das Bild von einer nackten Zhang? Was war das? Er konnte Zhang unmöglich lieben. Was er für Zhang empfand, konnte unmöglich sein, was die Menschen als Liebe bezeichneten, ganz abgesehen davon, dass es sich dabei um ein Fantasiewort handelte, das ihm untergejubelt wurde, um ihn zu verunsichern, immer und immer wieder, in Büchern, Zeitungen, Filmen, Liedern. Ein Fantasiewort für ein Nichtgefühl, das zum Trost der Massen erfunden worden ist und zur Verunsicherung der Wahnsinnigen wie Wang. Und jetzt war er davon infiziert wie von dieser Tuberkulose. Das war ein Synapsen-GAU, mit dem er zum Arzt musste.

Er schloss die Augen und hatte ihren Geruch in der Nase. Sie musste etwas früher als er hier gewesen sein. Morgens roch er Zhang immer besonders intensiv.

Wenn er morgens ins Büro kam und wittern konnte, dass Zhang schon hier war, kehrte für einen Augenblick Ruhe in ihm ein. Welch perfider Synapsen-GAU! Genossin Zhang und ihr Geruch verkörperten immer noch alles, was auf dieser Welt schön und gut war. Genosse Wang fühlte sein Herz springen und wusste nicht, ob es sich um einen Schmerz handelte oder um ein Gefühl, und er musste sich, fast zu seiner eigenen Schande, sogar eingestehen, dass ihn dieser Geruch erregte. Wang dachte an Dinge, an die er nie zuvor gedacht hatte. Er stellte sich vor, wie Genossin Zhang frühmorgens unter der Dusche diesen Geruch mit dieser unendlich unschuldig sauberen Seife auf sich gebracht hatte. Wang erwog, ob sie das Wasser wohl die ganze Zeit unter der Dusche fließen ließ oder vielmehr sparsam damit umging, ihre Haut zuerst nur benetzte, das Wasser dann wieder abdrehte, sich dann in Ruhe einseifte und erst dann das Wasser wieder aufdrehte, um die unschuldige Seife, die auf ihrer Haut zu weißem Schaum geworden war, wieder abzuspülen. Wang versuchte sich ihren Körper vorzustellen. Er wünschte sich, es wären seine Hände, die sie einseiften. Er hatte ein Bild von ihren Brüsten, die er immer nur unter Blusen und in gepolsterten BHs sah und deren tatsächliches Aussehen er daher nur erahnen konnte. Sicher waren ihre Brüste in Wirklichkeit kleiner als in diesen BHs, dachte Wang. Und das gefiel ihm. Jede Brust hätte in einer Hand Platz. Er würde sie festhalten, ganz für sich. Mit seinen gerundeten Händen würde er ihre Brüste ganz umfassen, bedecken, halten und beschützen. Er wollte sich vorstellen, wie sehr oder wenig geschwungen der Übergang von ihrer Taille zu ihren Hüften war und wie er sich wohl anfühlte. Er musste sich wohl am besten anfühlen, wenn sie auf einer Seite lag, ausgestreckt. Wenn sie lag, in der Pose eines schlafenden Buddha, musste Zhangs Übergang von ihrer Taille zu ihrer Hüfte perfekt sein. Er wusste nicht, ob seine rechte Hand lieber über diesen Schwung streichen oder ihre Brust fassen wollte. Er zuckte. Wang hatte plötzlich das Gefühl, er berühre ihre Haut, als er seine Finger aneinander rieb. Zhangs Haut war sicher glatt und weiß und warm. Restlos verrückt machte ihn jedoch die Vorstellung, seine Hand, da er sie nun schon einmal in Gedanken von ihrer Taille in Richtung Hüfte hinabbewegt hatte, in die leichte Senke zwischen ihrer Leiste und ihrem Venushügel zu legen und sich von dort langsam zu ihrem Schamhaar vorzuarbeiten, das sicher ein perfektes Dreieck bildete. Er schämte sich der Erektion, die er bei diesem Gedanken bekam, und rutschte auf seinem Stuhl tiefer unter den Schreibtisch. Denn noch wollte er nicht damit aufhören, so an sie zu denken. Das musste ein Beleg dafür sein, dass der Synapsen-GAU bereits irreversible Schäden an anderen Organen seines Körpers verursacht hatte, bis hin zum Verlust der Kontrolle über seine Geschlechtsorgane, und dass die organischen Folgen eines Synapsen-GAUs gerade deshalb so schwerwiegend waren, weil das menschliche Nervensystem irgendetwas ausschüttete, was einen die Schwere der Erkrankung nicht fühlen ließ, und man deshalb immer tiefer in die Folgen des Synapsen-GAUs schlitterte. So wie diese Helden im Krieg, die nicht spürten, dass ihnen ein Bein weggeschossen worden war. Diese Helden konnten dann noch einen Feind erschießen, aber was war der höhere Sinn eines Synapsen-GAUs? Außer noch schneller verrückt zu werden, als das ohnehin schon der Fall war. Wang sinnierte, ob sie wohl mehr Muttermale hatte als das eine, das in ihrem Nacken zu sehen war, wann immer sie ihr Haar aufgesteckt trug. Ob sie wohl am Übergang von der Leistengegend zum Venushügel auch ein Muttermal hatte? Oder irgendwo auf dem Rücken? Hatte sie wenige Muttermale oder viele? Er würde sie alle sehen und benennen wollen. Dieses sichtbare Muttermal auf ihrem Nacken und die unsichtbaren möglichen weiteren machten ihn auf eine andere Art und Weise wahnsinnig als die Suche nach einem Wort. Und dass es eine ihm unbekannte, weitere Form des Wahnsinns gab, machte ihn noch wahnsinniger. Nun, da er endlich erst gelernt hatte, mit seinem Wahnsinn umzugehen, und zweitens endlich den Mut gefasst hatte, gegen diesen vorzugehen, musste er feststellen, dass es des Wahnsinns kein Ende gab. Nun, da er zum Opfer eines wahnsinnsbeschleunigenden Synapsen-GAUs geworden war, konnte er noch weniger an das glauben, was Menschen Liebe nannten. Er hatte in seinem wahnsinnigen Inneren noch immer keinen Winkel frei für Liebe, an ihm hatte sich nichts geändert, er hatte keinen Winkel für die Liebe seiner Frau gehabt, er würde auch keine Nische für die Liebe zu Zhang finden, die sicher keine Liebe war. Was also war das? Wang war davon überzeugt, dass er nicht lieben konnte. Und zumindest das musste ein seltener Beleg noch erhaltener Normalität sein. Denn wie schlimm wäre es, daran zu glauben, dass man dieses Nichtgefühl tatsächlich empfinden und mit dem Fantasiewort benennen konnte? In seinem Leben hatte es nur Anflüge von Gefühlstrunkenheit gegeben, die allesamt nie lange angehalten hatten. »Alles chemische Vergiftungszustände, die dem Arterhalt dienen«, sagte Wang sachlich und wieder einmal zu sich selbst. Was er für Zhang empfand, konnte bestenfalls Lust sein oder, viel wahrscheinlicher, eben das neurologische Phänomen des Synapsen-GAUs, mit dem er sich sofort an den Betriebsarzt wenden würde. Und das machte ihm ein schlechtes Gewissen. Er fand Zhang nämlich zu rein für Lust und zu schade für eine Krankheit. Wang war unerklärlich, wie es möglich sein konnte, für so ein reines Wesen Lust zu empfinden, und was das wohl war, das ihn gleichzeitig dermaßen erregte und dermaßen beruhigte. Er wollte sie in seiner Nähe haben. Gleichzeitig wusste er, dass er diese Nähe nicht ertragen würde. Sein Wahnsinn war wirklich bedrohlich geworden. Wenn sie nun hier auftauchen würde, müsste er sie und sich selbst vor sich schützen. Er würde sicher über sie herfallen, wenn sie jetzt hier auftauchen würde, daran konnte es keinen Zweifel geben. Er war nämlich verrückt geworden.

Da stand sie vor ihm. Sie brachte ihm die erste Tasse des Tages. »Ich gratuliere Ihnen, Genosse, ich habe schon von Ihrer Beförderung gehört. Sie haben sie sicher verdient«, lächelte sie ihn an und Wang konnte nicht anders, als ihrem Blick wieder einmal auszuweichen. Es genügte ihm nicht, sich mit der Erkenntnis zu trösten, Opfer einer perfiden Krankheit geworden zu sein. Wang wusste, dass er krank war und nichts als ein Opfer seines eigenen Nervensystems. Sie hingegen konnte es nicht wissen und hatte ihn, so dachte Wang, einfach bei einer Fantasie ertappt, die man ihm sicher ansehen konnte, wenn er jetzt nicht sofort seine Augen wieder hinter seinen Schleier tat. Wang schämte sich unendlich. Genossin Zhang durfte keine Ahnung davon erhalten, dass er sich dieses Paar Brüste, das sie heute unter einer blau-weißgestreiften Bluse trug, gerade nackt vorgestellt hatte. Er verspürte den Drang, diese Brüste anzufassen. Diesmal hatte er Schwierigkeiten damit, seine Arme ruhig zu halten. Er räumte nervös Papier von einem Ende des Schreibtisches zum anderen, nur um diese Hände von ihren Brüsten fernzuhalten und von dem unbändigen Wunsch, mit diesen Händen jetzt ihren Kopf zu fassen, ihn zu sich zu ziehen und sie einfach so zu küssen. Wang hatte kein Wort für die Dringlichkeit, mit der er Zhang in diesem Augenblick küssen wollte. Es konnte kein Wort dafür geben. Nur Wahnsinnige wie er würden einen dermaßen starken Drang nach einem Kuss empfinden können, also konnte es nicht einmal in der überlieferten kitschigen Literatur über das Fantasiewort und noch weniger in seinem Wohnblock, also seinem gesamten kleinen Universum, ein Wort geben, das nur annähernd an das heranreichte, was Wang nun empfand. Er rutschte noch tiefer unter den Tisch. Denn noch weniger als die Vorstellung von der Berührung ihrer Brüste oder der Sehnsucht nach einem Kuss durfte sie die Erektion erkennen, die mittlerweile wirklich unangenehm, um nicht zu sagen, krankhaft, geworden war. »Ja, danke,

Genossin«, sagte er, den Blick auf jenem Stapel Papier, den er erst von links nach rechts und nun wieder in die Mitte des Tisches geräumt hatte. »Und danke für den Tee. Aber jetzt muss ich weiterarbeiten.« Wang konnte gar nicht glauben, dass er die Kraft aufgebracht hatte, in diesem Augenblick überhaupt etwas zu sagen. Er war erleichtert, aber nicht nur. Denn in seine Erleichterung mischte sich das Gefühl, gerade das Falsche gesagt zu haben.

Zhang stand noch einen Augenblick lang betreten da und ging dann mit ihrer Wasserkanne weg. Seit Jahren versuchte sie aus dem Genossen Wang klug zu werden. Und wann immer sie glaubte, begriffen zu haben, wie er war, wurde sie eines anderen belehrt. Er schien ihr still und nett und kultiviert. Er war fleißig und klug. Und er schien Umgangsformen zu haben. Vor allem aber hatte sie immer wieder den Eindruck, dass er sie mochte. Manchmal sah er sie aus sicherer Distanz mit einem Blick an, den die alte, dicke Kollegin in der Teeküche wahrscheinlich längst zweifelsfrei identifiziert hatte. Sie würde sicher tuscheln, dachte Zhang, dabei gab es da gar nichts zu tuscheln. Denn wann immer sie Wang näher kam, gab er ihr das Gefühl, ihm zu nahe gekommen zu sein. Die dicke Alte in der Teeküche dämpfte gerade ihre Zigarette in genau dem Waschbecken aus, in das sie schon vor Stunden das Wischwasser für den Boden eingelassen hatte. Dass es mittlerweile völlig schmutzig war, störte sie nicht. Denn auch der Wischmopp war grau, in ihrer Logik war also völlig egal, ob man für diesen Mopp und diesen Boden frisches Wasser nahm oder nicht.

Sie tunkte ihn mit geradezu meditativer Verachtung in diese Brühe und achtete nicht darauf, ob sich nun darin Tabakkrümel verfingen oder nicht, denn das war in ihrer Putzfrauenlogik erst recht egal. Ohne der mittlerweile in die Teeküche zurückgekehrten Zhang auch nur einen halben Blick zu schenken, verwischte die dicke Alte den Dreck auf dem Boden nun gleichmäßig, stoppte aber nach fünf Minuten, um sich eine weitere Zigarette anzuzünden. Fast war die Alte versucht, Zhang wegen der offensichtlichen Demütigung, die diese gerade durch den Genossen Wang erfahren hatte, zu piesacken, aber dann überlegte sie es sich und fand es bei näherem Nachdenken doch amüsanter, die junge Kollegin einfach nur anzusehen, wie sie nun verwirrt und um Haltung bemüht die Tassen spülte.

»Na, Genossin Zhang, so adrett heute? Haben Sie etwa noch eine Verabredung? Das wäre nämlich gut so. Eine Frau Ihrer schönen Statur und Ihres Alters sollte langsam an die Ehe denken und an Kinder«, ertönte eine Stimme rechts vom Wischmopp der Dicken, und Zhang wollte gar nicht wirklich wahrnehmen, zu wem diese Stimme gehörte. Leider wusste sie genau, wer nun wieder über den Wischmopp steigen und mit seinen staubigen Schuhen genau über den gerade gewischten Boden gehen würde. Genosse Li kam auch an diesem Morgen zu spät, aber mit dem breitesten möglichen Grinsen ins Büro. Er war gebadet, er hatte sich den Bauch vollgeschlagen, und, was Genossin Zhang nicht wissen konnte und er unmöglich einer Frau erzählen konnte, er war heute auch ein Rekordhalter. Wie jeden Morgen taxierte er die Genossin genau. Von unten nach oben. Und er fand nichts dabei, dass sie, wie jeden Morgen, wieder einmal bemerken musste, dass er das tat. »Hübsche Bluse, Genossin«, sagte er und zupfte an ihrem Kragen. »Nur leider hat sich da ein Haar verfangen, Verzeihung, Genossin, aber ich will auf Ihre allgemeine Perfektion achten. Und, gibt es eine Tasse Tee für mich?« »Natürlich, Genosse«, sagte Zhang und wies ihn in die Küche. Genosse Li lehnte sich an das tiefe Waschbecken und genoss sichtlich, dass Zhang nun erst Wasser neu aufbrühen musste. Das gab ihm nämlich Gelegenheit, ihr Hinterteil im blauen Rock genau zu studieren. Er versuchte sich zu erinnern, ob das namenlose Mädchen von vergangener Nacht das bessere Hinterteil gehabt hatte, aber er konnte es nicht sagen, schließlich hatte er nur eine Erinnerung an ihren Beinzwischenraum, denn nur den hatte er lang genug angesehen, und selbst diese Erinnerung war nur noch vage. Zhangs Hinterteil war jedenfalls in Ordnung, befand Genosse Li. Möglicherweise konnte er mit der Inhaberin dieses Hinterteils auch seinen neuen Rekordversuch starten. Wenn sie nur nicht so störrisch und unnahbar wäre. »Sagen Sie, Genossin«, hob Li, sich gleichzeitig eine Zigarette anzündend, an. »Ich weiß, das kommt jetzt vielleicht etwas unerwartet, aber ich würde Sie sehr gerne als Begleitung zu einem Abendessen mit ein paar bedeutenden Investoren einladen, das ich sicher bald geben werde. Mir wäre sehr an Ihrer Gesellschaft gelegen, Genossin.« Leider kam das für Zhang überhaupt nicht unerwartet. Es war nicht das erste Mal, dass Li sie einzuladen versuchte, und bis jetzt hatte sie immer eine Ausrede gefunden. Sie wollte mit diesem Mann nicht in irgendeinem Lokal sitzen, weder in Gesellschaft noch allein. Aber er war bedeutend in dieser Redaktion, und sie wusste nicht, wie lange sie gegen seine Einladungen noch Ausreden erfinden konnte. Der Gedanke, dass sie sich nach so einem Abendessen mit ihm allein in einem Lift wiederfinden könnte und er sich mit seinem Baijiu-Atem, den er nach solchen Abendessen zweifellos hatte, ihr immer weiter nähern würde und sicher im Schutz des Lifts eine Hand irgendwohin auf ihren Körper legen würde, war ihr zutiefst zuwider. »Warum sagen Sie denn nichts, Genossin? Sie können doch unmöglich immer so beschäftigt sein, es kann sich doch auch einmal jemand anderer um Ihre Mutter kümmern, und außerdem, lassen Sie mich eines sagen: So ein Abendessen ist der Karriere sehr zuträglich. Und im Umkehrschluss könnte man meinen, man sollte sich gut überlegen, ob es gut ist, solche Einladungen immer auszuschlagen. Verstehen Sie, was ich meine?« Genossin Zhang hatte das Wasser fertig gebrüht und drehte sich gerade um, als er wieder näher kam und sich förmlich in sie lehnte. Sie verspürte den Drang, ihm jetzt sofort das heiße Wasser in seinen Schritt zu gießen und damit das Problem mit der Triebhaftigkeit des Genossen Li ein für alle Mal zu lösen, für sich selbst und für alle anderen Frauen, die er belästigte. Aber natürlich tat sie das nicht. »Wissen Sie, Genosse Li, meine Mutter ist leider krank, und ich bin das einzige Kind, das sie hat. Ich kann meinen Ahnen nicht antun, dass ich sie am Abend sich selbst überlasse. Es ist meine Pflicht, ihr ein

Abendessen zu bereiten.« »Das ist löblich, Genossin, Frauen wie Sie stehen für die Größe unserer Nation, aber ich würde mir Ihre Gesellschaft gerne so viel kosten lassen, dass ich für Ihre Mutter eine Ayi aus der Provinz anstelle. Denn Sie dienen Ihren Ahnen nur, wenn Sie selbst einmal zur Ahnin werden, wenn sie verstehen, was ich meine.« Genosse Li grinste nun geradewegs in ihr Gesicht, und er hielt seine Zigarette so nah an sie, dass sie meinte, er würde ihr im nächsten Moment einen Blusenknopf absengen. »Ich danke Ihnen sehr für Ihr großzügiges Angebot, Genosse Li. Bitte erlauben Sie mir, dass ich mich mit meiner Mutter darüber berate und Ihnen morgen Bescheid gebe. Wollen Sie den Tee noch?« »Aber klar, Genossin«, lachte Li triumphierend, nahm die Tasse, ohne zu danken, warf seine Zigarette auch in das Waschbecken und bewegte sich dann geradewegs hinaus in die Redaktion. Bald würde er sie so weit haben. Jetzt war sie weichgekocht. Diese dummen Weiber, davon war Li überzeugt, wussten doch gar nicht, was gut für sie war. Er als Mann, und nach der letzten Nacht war er unbestritten der männlichste aller Männer, die er kannte, hatte die Pflicht, Frauen wie Zhang zu führen. Zhang war zwar ein schwieriges Projekt, und manchmal wünschte er sich, er könnte mit einer künftigen Ehefrau genauso schnell handelseins werden wie mit seinen Freudenmädchen, aber sie war es wert. Zhang würde die perfekte Ehefrau abgeben. Sie war bescheiden, sie sprach nicht viel, Li konnte sprechende Frauen nicht ausstehen, und so wie sie aussah, würde sie ihm einen schönen und gesunden Sohn gebären. Sein Vater würde endlich einsehen, dass er kein Versager war, und sein Chef würde ihn weiter befördern. Mit Zhang konnte er sich bei allen Anlässen blicken lassen, sie würde ihn als hübsches Beiwerk bei seiner Karriere begleiten, und sie wusste wohl, was das bedeutet. Er würde ihr über seine Kontakte ein nettes Eigenheim organisieren, gut, es musste ja nicht unbedingt im *Grünen Hain* sein, aber so etwas Ähnliches und an Strom und Wasser Angeschlossenes eben, und dafür würde sie stumm erdulden, dass er ins Bordell ging oder, so es seine Finanzen erlaubten, eine Nebenfrau hätte, sobald der gemeinsame Sohn auf der Welt und Zhangs Hinterteil eben nicht mehr so hübsch wäre wie jetzt. Genaugenommen, so dachte Li, ist Ehe auch nur Prostitution. Eben ein Langzeitvertrag, in dem man der Frau Wohlstand bis ans Lebensende verspricht, damit sie mit einem schläft, so lange man selbst mit ihr schlafen will. Eigentlich ein guter Deal für die Frauen, und ein saudummer für uns, sagte Li zu sich selbst, als er Wang erblickte. Er konnte diesen Streber Wang eigentlich überhaupt nicht leiden, denn ein richtiger Mann wie Li konnte keinem Mann vertrauen, der sich nie mit ihm hatte volllaufen lassen und mit dem er nie gemeinsam im Bordell gewesen war. Aber nun war gerade kein anderer Mann da, dem er sich anvertrauen konnte. »Genosse Wang, guten Morgen! Was würden Sie sagen, wenn ich Ihnen jetzt eines sage: Fünf Minuten!« Genosse Wang schreckte auf wie aus einem Tagtraum, der eigentlich ein sehr intensiver Gedanke gewesen war. Er hatte gerade nach einem Wort dafür gesucht, wie er sich Zhang gegenüber soeben verhalten hatte. Er suchte ein Wort dafür, wie es war, dass man das Gegenteil von dem tat, was man gerade empfand. »Verzeihung, Genosse, aber ich verstehe nicht, was Sie meinen«, sagte er mit einem abwesenden Blick, den er sicherheitshalber seit der missglückten Konversation mit Zhang hinter dem Augenschleier behalten hatte. »Ich sagte gerade: Fünf Minuten! Das ist doch toll! Großartig! Oder, Genosse? Ich meine, wer kann schon auf fünf Minuten zurückblicken?« Genosse Li grinste noch breiter als vorher, und Genosse Wang fühlte sich peinlich berührt. Wie konnte Li nur so direkt sein? Als Mann in seiner Position musste er wirklich besser gelernt haben, wie man sich angemessen verhält, und sollte nicht einfach so drauflos sprechen, als wäre er ein Schuster Xiao. Wang wusste nicht recht, was er darauf antworten sollte: »Fünf Minuten? Sie meinen, Sie haben mitgestoppt?« »Natürlich, ich stoppe immer mit! Sie etwa nicht?« Jetzt grinste Li in einem Ausmaß, dass man glauben mochte, er würde sich im nächsten Augenblick den Kiefer ausrenken. Genosse Wang war verwirrt. Li war doch noch gar nicht dagewesen, als er sich heute früh zu gestoppten fünf Minuten Detailschweigen gezwungen hatte. Genosse Wang wusste genau, dass das Lob und das Detailschweigen fünf Minuten gedauert hatten, weil über dem Plakat mit der Fliege die Bürouhr hing. Es waren die schlimmsten fünf Minuten seines Lebens gewesen. Aber woher konnte Li das wissen? Und jetzt schämte er sich dafür, dass ein höherer Kader wie Li dieses Dauerlob für einen Subalternen wie ihn mitbekommen hatte. Er musste sich vor ihm dafür entschuldigen, aber wie? Wie konnte er tiefstapeln, ohne die offensichtliche Gratulation, die er hier gerade bekommen hatte, gering zu schätzen? »Naja, Genosse Li, ich würde sagen, fünf Minuten, das kommt eigentlich wirklich nie vor. Ich würde sagen, es ist mir in meinem ganzen Leben noch nie geschehen. Fünf Minuten, das ist außergewöhnlich.« »Genau, das denke ich nämlich auch, Wang, also wenn ein Mann mit Ihrer Erfahrung das sagt, dann wird das natürlich stimmen. Aber dennoch, Wang, obwohl es außergewöhnlich ist und nie vorkommt, muss man doch sagen, dass es großartig ist. Das ist doch toll, oder? Da kann man richtig stolz darauf sein, finde ich. Also, ich würde sagen, wenn jemand fünf Minuten bekommt oder kann, dann muss man ihm gratulieren, nicht wahr?« Wang wusste nicht, wohin er sich vor Peinlichkeit verkriechen sollte. Warum ritt Li so auf den fünf Minuten herum? Er hatte sich doch schon dafür entschuldigt. »Also Genosse Li, ich weiß nicht, zu Gratulation gibt es da eigentlich keinen Anlass, ich denke, es ist eher peinlich, wenn man so etwas an die große Glocke hängt oder herumerzählt.« »Peinlich? Mit Verlaub, Sie sind verrückt, Wang! Auf fünf Minuten muss ein Mann stolz sein, da ist keine Bescheidenheit angebracht, man soll es erzählen, natürlich nur anderen Männern, wenn Sie verstehen, was ich meine. Fünf Minuten: Das muss die Männerwelt wissen!!!«, an diesem Punkt grinste Li schmutzig und breit, was eine völlig neue Kombination war, die Wang an ihm so noch nicht gesehen hatte. »Also ich bin jedenfalls stolz darauf, aber wenn Sie mich nicht dafür beglückwünschen wollen, dann ist das auch gut. Sie haben ja selbst gesagt, wie außergewöhnlich das ist, machen Sie sich nichts daraus, Wang!« Li klopfte Wang noch fast mitleidig, aber kollegial wie nie zuvor, auf die Schulter und zog mit federndem Schritt weiter, ein Pfeifen auf den Lippen. Wang blieb verstört zurück und konnte, was gerade geschehen war, nur als weiteren Beleg seines Wahnsinns deuten. Es war zwar kein neuerlicher Synapsen-GAU gewesen, dafür aber schien er mittlerweile auch Konversationen nicht mehr folgen zu können. Das war ein völlig neues Phänomen, für das Wang natürlich auch das Wort fehlte, aber entgegen seiner Gewohnheit wollte er erst gar nicht nach einem Wort dafür suchen. Stattdessen schrieb er auf seinen Notizblock: Fünf Minuten. Und er starrte die drei Schriftzeichen an, in der Hoffnung, sie möchten ihm eine Antwort geben.

»In fünf Minuten, bei mir, Wang«, schrie der Chef aus dem Büro. »Und Sie auch, Genosse Li.« Also weitere fünf Minuten einer Ewigkeit. Wang hasste es, wenn man ihm bedeutete, dass er irgendwo auf irgendetwas fünf Minuten warten musste. Fünf Minuten waren zu kurz dafür, etwas Neues zu beginnen. In fünf Minuten konnte man auch keinen ordentlichen Gedanken zu Ende denken. Wangs Versuche, Gedanken zu denken, hatten immer ein offenes Ende. In fünf Minuten könnte man vielleicht die Stapel Papier von einer Seite des Schreibtisches auf die andere räumen, aber das hatte er heute in seiner missglückten Synapsen-GAU-Konversation mit Genossin Zhang schon zweimal gemacht. Er könnte auf die Toilette gehen, aber er verspürte keinerlei Harndrang, und außerdem hatte er nicht die geringste Lust, in seinem aktuellen Zustand der Synapsenverwirrung an der Küche und damit an Zhangs Geruch vorbei auf die Toilette zu gehen und dort sein Glied in die Hand zu nehmen, das sich gerade erst von einem akuten organischen Synapsen-GAU-Phänomen erholt hatte. Er durfte gar nicht weiter daran denken, wollte er nicht einen neuerlichen Ausbruch riskieren. Er konnte die fünf Minuten auch dafür nützen, irgendjemanden anzurufen. Aber wen? Er hatte gerade keinen Anzug in der Reinigung, also warum dort anrufen, um zu fragen, wann der Anzug, der dort nicht war, gereinigt sein würde? Er hatte kein aktuelles Problem im Wohnblock. Die Heizung funktionierte. Es gab Strom. Es gab auch Warmwasser. Also hatte er auch keine Veranlassung dafür, sich bei der Hausverwaltung über irgendetwas zu beschweren. Er konnte jetzt wirklich nicht anrufen und der Hausverwaltung mitteilen, dass vor der nämlichen Parkbank wieder ein Kaugummi klebte, fast genau an der Stelle, an der der Kaugummi damals geklebt hatte. Ein anderer fadenscheiniger Grund fiel ihm nämlich gerade nicht ein. Er war versucht, die Hausverwaltung zu bitten, diesen Kaugummi zu entfernen, weil er jeden Abend den Drang verspürte, sich auf die Bank zu setzen und nach roten Pumps Ausschau zu halten, die den Kaugummi aus der Form bringen könnten, so wie damals, damit der Spuk endlich und ein für alle Mal ein Ende hätte. Er konnte nicht akzeptieren, dass ihn nicht nur Zhang aus der Bahn warf, sondern seine Ex-Frau auf solch gemeine Weise in sein Leben zurückgekehrt war. Entweder ein roter Absatz bereitete dem Kaugummi bald ein Ende und schloss den

Kreis oder die Hausverwaltung musste her oder Wang würde verrückt werden. Diesmal ganz sicher. Er konnte natürlich, wie ihm gerade einfiel, während ihm niemand einfiel, den er anrufen konnte, heute Abend auch ganz allein hingehen und den verdammten Kaugummi entfernen und nicht weiter darüber nachdenken. Wang freute sich über den konstruktiven Ansatz, der sich den Weg durch seine kranken Synapsen gebahnt hatte und hatte ein leichtes Lächeln auf den Lippen, das erstarrte, als er im Augenwinkel erkannte, dass Genossin Zhang in nur wenigen Metern Entfernung vorbeiging und er fast unbeabsichtigt mit ihr beinahe Blickkontakt aufgenommen hätte, und das in einer Situation, in der sich wegen der Freude über den konstruktiven Kaugummi-Ansatz gerade sein Augenschleier gelichtet hatte und er sozusagen sehenden Auges in ihren zufälligen offenen Blick gerannt wäre. Wang wollte sich verkriechen, am liebsten unter dem Tisch, aber er wusste, dass das selbst in seinem Zustand nicht statthaft wäre. Glücklicherweise fand sich eine Büroklammer auf dem Boden, auf den er gerade sah. Er hatte eine Ausrede gefunden, den Blick nicht nur abzuwenden, sondern seinen ganzen Körper nach vorne, fast unter den Tisch und aus dem Blickfeld von Zhang und allen hier zu nehmen. Zum ersten Mal an diesem Morgen fühlte sich Genosse Wang erleichtert. Er wünschte, jemand hätte hundert Büroklammern hier vor ihm ausgeschüttet, die er nun alle aufheben müsste, am besten genau unter seinem Tisch, er wünschte darüber hinaus, dass unter diesem Tisch ein dichter Teppich läge, in dem sich diese Klammern allesamt verfangen hätten, sodass es lange dauern würde, bis man jede einzelne der hundert Büroklammern aus dem Teppich gelöst und wieder säuberlich in die Schachtel geschlichtet hätte. Genau damit wollte Wang nicht nur fünf Minuten, sondern diesen ganzen Tag in diesem Büro verbringen.

»Wang, ich sagte doch in fünf Minuten, und fünf Minuten, das ist jetzt«, schallte es aus dem Büro des Chefs. Der Genosse schreckte auf. Als er das letzte Mal daran gedacht hatte, dass er in wenigen Minuten bei seinem Chef sein musste, waren es noch drei Minuten gewesen, die er totschlagen musste. Ihm war nichts eingefallen, was er nun in drei Minuten tun könnte. Zwar hatte sich bei Minute zwei der Wartezeit doch noch ein Harndrang bemerkbar gemacht, aber es war undenkbar gewesen, sich in Richtung Toilette und daher in Richtung Zhang zu bewegen. Also war Wang über der Büroklammer und der Illusion vom Teppich wieder in einen Gedanken verfallen. Er dachte darüber nach, wie er eine verordnete Wartezeit von wenigen Minuten nennen konnte. Und das nicht nur, weil er sich für jede Situation wappnen musste, sondern vielmehr deshalb, weil Situationen wie diese im Büro geradezu täglich eintraten. Wang wunderte sich darüber, warum er nicht schon viel früher darüber nachzudenken begonnen hatte, welches Wort man dieser erzwungenen Wartezeit auf ein unerwünschtes Gespräch mit dem Chef, das innerhalb weniger Minuten, und zwar zu genau dem Zeitpunkt, den der Chef definiert hatte, geben sollte. Der Chef gab nämlich nie Termine vor, nach denen man seinen eigenen Arbeitstag ausrichten konnte, er sagte nicht etwa um 9 Uhr früh, dass man sich um 14 Uhr in seinem Büro einfinden sollte, nein, er versetzte seine Mitarbeiter viel lieber in einige Minuten Warten auf das Gespräch. Wang vermutete, dass der Chef das nur tat, um seine Mitarbeiter in ständiger Bereitschaft auf eine Audienz im Chefbüro zu halten. »Wartestarre«, sagte Wang zu sich selbst, »Chefwartestarre«, so werde ich das nennen, sagte Wang zu sich, als er sich erhob, um in Richtung des Chefbüros zu gehen. »Wo ist Li?«, schnauzte ihn der Chef, der hinter seinen Stapeln an Zeitungen an seinem Tisch kaum zu sehen war, an, als Wang dort angekommen war. »Ich weiß es nicht, Genosse Chef, vermutlich war ihm die Chefwartest …, äh, ich meinte, vermutlich dürfte er durch irgendetwas aufgehalten worden sein.« »Liiiiiiiiii«, hallte es von hinter dem Stapel in einer nie gehörten Multitonalität in Richtung Büro. Doch Li war gerade noch damit beschäftigt, im Vorbeigehen das Hinterteil von Zhang, diesmal in Bewegung, zu studieren. Li fand Zhangs Hinterteil auch in Bewegung anziehend, wie er soeben feststellen musste, und er fand es auch unendlich ungerecht, dass er nicht gleichzeitig Zhangs Hinterteil und Zhangs Brüste in Bewegung studieren konnte. Halb selig und halb enttäuscht fand er sich um ganze 30 Sekunden zu spät im Büro seines Chefs ein, der mittlerweile einen hochroten Kopf hatte, was man nur sehen konnte, weil eine Wange und ein Drittel seiner Stirn hinter dem Zeitungsstapel hervorblitzten. »Verdammt, Li«, erhob sich der Chef, ganz so, als wollte er sein ganzes hochrotes Gesicht herzeigen und seinem Mitarbeiter damit ein schlechtes Gewissen machen, »wenn ich fünf

Minuten sage, dann meine ich fünf Minuten und nicht fünf Minuten und dreißig Sekunden! Was ist Ihre Entschuldigung, Genosse Li?« »Ich, äh, Verzeihung, Genosse Chef, hatte ein wichtiges Gespräch mit dem Büro des Volkskongresses bezüglich der morgigen Pressekonferenz des Vorsitzenden des Staatsrates zu Ende zu führen. Ich weiß, dass es unhöflich ist, Sie warten zu lassen, Genosse, und ich werde mich selbst dafür zutiefst kritisieren, ja, ich kritisiere mich schon jetzt, aber in Anbetracht der Dringlichkeit der morgigen Pressekonferenz musste ich leider und zu meiner tiefsten Schande entscheiden, ob ich bei Ihnen, Genosse, in Ungnade falle oder gegenüber dem Sekretariat für die Organisation der morgigen Pressekonferenz des Vorsitzenden des Staatsrates eine zutiefst beleidigende Tat setze, indem ich darauf dränge, das Telefonat zu beenden, bevor man dort die Möglichkeit gehabt hat, mir alle Instruktionen für die zentrale Pressekonferenz unseres geschätzten Vorsitzenden des Staats …« »Ach, hören Sie doch auf, Li«, brüllte der Chef nun in einem Ton und einer Lautstärke, die weder Wang noch Li je zuvor von ihm gehört hatten. Der Chefkopf war dermaßen rot angelaufen, dass man fürchten musste, er würde im nächsten Augenblick explodieren. Wang empfand Angst und Genugtuung zugleich. Schließlich hatte er heute schon die Schmach eines Lobes über sich ergehen lassen müssen und war vom nun geschmähten Li genau dafür auch noch geschmäht worden, wenn auch in einer für Wang im Grunde unverständlichen Form. Es war nur gerecht, dass Li jetzt hier zur Schnecke gemacht wurde. Dennoch schien es Wang unangebracht, jemanden für 30 Sekunden Verspätung dermaßen anzubrüllen. Nach der letzten Chefwartestarre war er, Wang selbst, auch um gezählte 15 Sekunden zu spät gewesen, und er konnte sich nicht daran erinnern, dass ihn der Chef dafür mit halb so lauter Stimme und halb so rotem Kopf gerügt hätte. Wie er wohl jemanden rügen würde, der eine Minute zu spät kam? Konnte er noch roter und noch lauter werden? Man würde es wohl nie erfahren, denn niemand hier würde es jemals wagen, um eine Minute zu spät aus der Chefwartestarre zur Chefaudienz zu kommen. »Soso, Li, Sie haben also bezüglich der morgigen Pressekonferenz telefoniert? Nicht nur sind Sie ein unpünktlicher Trödler, Sie sind auch noch ein Lügner, ein ganz unverschämter noch dazu«, brüllte der Chef nun geradewegs in Li's Gesicht. Er spuckte dabei so heftig, dass auch der einen Meter neben Li stehende Wang ein paar Tropfen abbekam, die er aber keinesfalls wegwischen wollte, um den Chef nicht noch wütender zu machen oder gar seine Aufmerksamkeit auf sich zu lenken. Das Brüllen des Chefs war dermaßen beängstigend, dass Wang, während er seinen Blick, wie oft geübt und getan, wieder halb auf den grauen Boden und halb in eine nicht näher definierte Ferne richtete, gar nicht in Gedanken flüchten konnte. Sein ganzer Kopf war wie gelähmt, und Wang empfand die Tatsache, dass die panische Angst, die er in diesem Augenblick empfand, alle seine Gedanken lahmlegte, als befreiend. Ohne dass er nach einem Wort suchen wollte, schoss ihm plötzlich eines durch den Kopf, und nur eines: Angstgedankenpause, dachte Wang und war tödlich unglücklich darüber, dass ihm in diesem Augenblick kein besseres Wort durch den Kopf geschossen war, denn nun musste er, über alle Angst hinweg, doch beginnen, über ein besseres Wort als Angstgedankenpause nachzudenken. Die Angstgedankenpause traf nämlich nicht, was es hier zu beschreiben galt, denn sie schloss nicht mit ein, dass in einer Situation des Detailschweigens das Detailschweigen durch die Anwesenheit eines Dritten von einem bewussten und selbstbezogenen Schweigen zu einer durch die Angst vor dem, was dem Dritten drohte, verordneten Gedankenpause wurde. Wang fühlte in sich, wie er auf das Brüllen des Chefs und die Beschimpfung Li's vergaß und von der Angstgedankenpause langsam in ein Detailschweigen überging, denn längst hatte er das Detail erkannt: Auf dem Zeitungsstapel des Chefs, rechts von dessen rotem Ohrläppchen, lag ein Kugelschreiber mit einer Inschrift, die Wang nicht ganz zu entziffern vermochte. Zu ergründen, was auf diesem Kugelschreiber aufgedruckt war, nahm ihn nun gänzlich in Beschlag, und während er dies tat, wurde Wang immer klarer, dass es hier weder um alleiniges Detailschweigen ging noch um eine Angstgedankenpause, sondern um etwas Neues, Drittes, wofür ihm natürlich auch wieder einmal das Wort fehlte. »Wang, nämlich, wird das machen«, hörte er wie aus der Ferne und war plötzlich angstpausierend und detailschweigend wieder ins Chefbüro zurückgekehrt. Sein Name war gefallen. Und er wusste nicht, in welchem Zusammenhang. Er hob den Blick orientierungslos und fragte sich, wohin er ihn nach der vermeintlichen Sicherheit bei der nicht zu entziffernden Inschrift auf dem Kugelschreiber nun wenden sollte. In Ermangelung sinnvoller Alternativen blickte er in die Richtung, aus der sein Name gefallen war und sah den Chef an, nicht direkt freilich, denn der Chef war wie ein Raubtier. Und Raubtieren sollte man nie direkt in die Augen blicken. »Wie meinen Sie das, Genosse Chef?«, hörte er einen betretenen Li fragen. Erstmals sah Wang Li mit hängenden Schultern vor dem Chef stehen. Nie zuvor war Li in einer Form dagestanden, die Wang nun endlich erkennen ließ, wie lächerlich er selbst immer dastand. Er sah sich in Li und er hatte kein Mitleid mit ihm. Wer so dastand, hatte kein Mitleid verdient. Wang begriff plötzlich, warum er selbst kein Mitleid verdiente. »Jämmerlich, einfach jämmerlich«, dachte Wang, mit einem Mal ganz in der Realität dieses Raumes, dieser Redaktion, dieses Landes, dieses Universums. Der Chef, so vermutete Wang, der gerade erst aus einem angstpausierten Detailschweigen, das eigentlich etwas anderes war, in die Wang'sche Realität zurückgekehrt war, musste Li etwas Entscheidendes mitgeteilt haben. Und Wang hatte keine Ahnung, was, und auch keine Ahnung, wie er sich nun verhalten sollte. Er wusste nur, Li sah lächerlich aus. Lächerlicher konnte er, Wang, jetzt gar nicht aussehen. Zumindest daraus schöpfte er Zuversicht. Hoffentlich, so betete der gottlose Wang zu einem Gott, an den er nicht glaubte, würde diese Konversation zwischen dem Chef und Li in einer Form fortgesetzt werden, die ihm Aufschluss darüber geben würde, was hier gerade Sache war. »Ich sage es noch einmal, Li, Sie sind ein Lügner und haben gerade vielleicht wirklich mit jemandem telefoniert, aber sicher nicht mit dem Büro des Volkskongresses, denn dieses hatte ich in der Leitung. Und mit diesem habe ich besprochen, wer heute noch telefonisch auf die zentrale Pressekonferenz vorbereitet wird. Genosse Wang nämlich.« Wang fühlte unendliche Erleichterung. Er hatte die Chance erhalten, zu verstehen, worum es hier ging. Und unmittelbar darauf fühlte er sich wieder schlecht. Denn gerade war er Li vorgezogen worden. Und gerade hatte er so, auf Umwegen, erfahren, dass er morgen für das *Volksblatt* zur Pressekonferenz von niemand Geringerem als dem Chef der Regierung gehen sollte. Jeder andere Journalist des Landes hätte das als Auszeichnung begriffen, Wang aber begriff es als Vorbote seines nächsten Scheiterns. Denn während er da so stand, von seinem Chef gelobt, von seinem unmittelbaren Vorgesetzten, der es ab sofort wohl nicht mehr war, gehasst, wusste er, dass er sofort anfangen musste, über eines nachzudenken: über die perfekte Frage nämlich. Nachdem er gestern so kläglich daran gescheitert war, hätte er sich eigentlich eine längere Vorbereitungszeit dafür gewünscht. Er hätte sich gewünscht, sein Ich zwischen der Suche nach der Frage, der Unordnung seiner Existenz und der Bedrohung des Synapsen-GAUs durch Zhang besser zu rüsten. Andererseits: Was, dachte Wang, konnte besser sein, als dem Vorsitzenden des Staatsrates die perfekte Frage zu stellen? Damit würde er wirklich in die Geschichte eingehen. Und damit würde er Zhangs Herz erobern können. Denn sie würde verstehen, dass er zwar unfähig war, sie anzusprechen, aber doch fähig, einen Fantasiewortbeweis zu erbringen, der mehr aussagte als alle kitschigen Fantasiewortgedichte der Menschheitsgeschichte zusammen. Wang hatte Angst, aber er nahm all seinen Mut zusammen für den Blick, den er Li nun zuwerfen musste, und dann noch einmal alles, was er an Mut aus den letzten Winkeln seines Ichs zusammenzukratzen vermochte, um das Raubtier anzusehen. Er blickte dem Chef direkt in die Augen. So sicher, wie er das nur konnte, so sicher, dass er Angst vor seiner eigenen zwei Sekunden währenden Sicherheit bekam. Er spannte seine Stimmbänder an, so sehr es nur ging, er richtete sich auf und sprach mit einer leichten Verbeugung: »Ich danke Ihnen für diese Auszeichnung, Genosse Chef.« Dann verbeugte er sich noch einmal. Und dann nahm er von irgendwoher, Wang wusste selbst nicht woher, noch seinen letzten Mut zusammen, um das Raubtier noch einmal anzusehen. »Nichts zu danken, Wang, Sie haben es sich verdient, aber ich hoffe, Sie werden dieser Auszeichnung gerecht. Ein Kader wie Sie muss wissen, was von Kadern wie Ihnen erwartet wird. So dem so ist, woran ich nach Ihren letzten Leistungen nicht den geringsten Zweifel habe, wird Ihrem Aufstieg im *Volksblatt* und seinen Schwesterblättern, ja, im großartigen Verlagswesen unserer Volksrepublik generell, nichts mehr im Wege stehen. Das Büro des Volkskongresses wird sie um genau 14.30 Uhr anrufen, auf der Telefondurchwahl von Genossen Li. Das heißt, dass Sie heute auf Ihre Mittagspause verzichten werden und jetzt sofort in das Büro von Genossen Li übersiedeln, der sofort Ihren bisherigen Schreibtisch übernimmt und dessen direkter Vorgesetzter Sie ab sofort sind.« Einmal waren Li's und Wangs Blick der gleiche. Sie starrten einander verdutzt an, starrten dann verdutzt zum Chef, dann wieder zueinander und verbeugten sich, wie geübte Synchronschwimmer, gleichzeitig vor dem Chef und sprachen, als hätten sie es so geübt, wie mit einer Stimme: »Jawohl, Genosse Chef.« Nun war es an Wang, vor Li aus diesem Raum zu gehen. Nun war es an Li, seinen Kampf einzustellen. Das wussten beide. Li ließ Wang den Vortritt, und alles, was er ihm noch zuzuflüstern vermochte, war: »Dafür weiß ich, was fünf Minuten sind, du alter Schleimer.« Wang wusste wieder nicht, was hier genau gemeint war, aber er musste es auch gar nicht wissen. Es war mittlerweile 12.30 Uhr, schon viel zu spät für die Mittagspause, die er heute ohnehin nicht haben würde, und er musste es innerhalb von zwei Stunden schaffen, seine Sachen zusammenzupacken, dafür irgendwo Kartons herzubekommen und einen Putztrupp zu organisieren, der sein neues Büro sauber machen würde. Das würde natürlich nur gehen, wenn Li dieses Büro rechtzeitig räumen würde. Aber Li schien danach überhaupt nicht der Sinn zu stehen. Er nahm sich eine Mittagspause und fragte, als er auf dem Weg dorthin das Zhang'sche Hinterteil, diesmal statisch, erblickte, ob dieses denn nicht Lust hätte, ihn zum Mittagessen zu begleiten. Nach all den Körben, die er von Zhang auf diese schon wie aus einem Reflex heraus gestellte Frage bisher erhalten hatte, erwartete er alles andere als ein Ja. »Aber natürlich doch, gerne, Genosse«, sagte Genossin Zhang, im Wissen darum, dass der hinter ihr stehende Wang es genau hören und auch sehen konnte. Ihr war nicht ganz klar, warum sie das gerade getan hatte, aber wahrscheinlich mochte sie ihn doch mehr, als sie dachte oder ihm bewusst war. Und wenn er sie nur ein wenig mochte, würde er verstehen, dass sie ihm gerade etwas heimzahlte. Wang sah den beiden nach und dachte noch, dass er normalerweise in seinem Nervenzustand nun wohl einen Eifersuchts-GAU hätte erleben müssen, und irgendwie wurde ihm auch gerade sehr heiß und er hätte Li wirklich treten wollen, so er gewusst hätte, wie man einen anderen Mann tritt, aber an Eifersucht konnte nur glauben, wer an Liebe glaubt, und wer die Liebe nicht kennt, könne demnach auch keine Eifersucht empfinden, dachte Wang. Und selbst wenn er gerade wieder ein Symptom seiner furchtbaren Nervenkrankreit erkannt hatte, das sich als Eifersucht tarnte, musste er Größe beweisen. Genosse Li hatte heute wirklich schon genug erlebt. Es sollte ihm gegönnt sein, zumindest ein Erfolgserlebnis zu haben. Und dann dachte Wang noch, wie besorgniserregend es war, dass Genossin Zhang Genossen Li sofort verstanden hatte, wo er doch noch immer nicht verstand, was er ihm mit den fünf Minuten nun genau hatte mitteilen wollen. Er musste wirklich sehr krank sein.

4.

NUN MUSSTE WANG also ein Chef sein. Er hatte es zufällig in einer Brüllorgie, der er nach fünf Minuten Chefwartestarre beigewohnt hatte, erfahren. Ihm war seine Beförderung wie am Rande mitgeteilt worden. Und das sogar, ohne dass sie ihm überhaupt mitgeteilt worden war. Am Rande nicht nur deshalb, weil er in Gedanken wieder ganz woanders gewesen war, sondern vor allem, weil es in der Brüllorgie gar nicht um ihn gegangen war. Genosse Wang, der Gütige, war Profiteur der Wut auf seinen Widersacher. Aber er fühlte sich als Opfer. Alles hätte er nach den fünf Minuten der endlosen Chefwartestarre erwartet, alles hatte er schon erlebt: Niederlagen und Siege, die ihm beide gleichermaßen unangenehm wie gleichgültig gewesen waren, aber nichts hatte ihn je auf eine kollaterale Beförderung vorbereitet. All die Eventualitäten, die er sich in den nicht enden wollenden Minuten unzähliger bereits durchlebter Chefwartestarren zurechtgelegt hatte, waren wie weggewischt. Wang fand sich ein weiteres Mal an diesem verfluchten Tag völlig unvorbereitet. Er hätte laut schreien können vor Wut und Verzweiflung, aber ihm war gleichzeitig, als könne diese Unruhe nur in ihm toben und nie aus ihm heraus. Nicht einmal in den Momenten größter Angst, Enttäuschung oder Wut hatte er jemals gesehen, wie er etwas dagegen tat. Nicht einmal in seinen Träumen, die er wohl haben musste, weil die Wissenschaft meinte, dass jeder Mensch träume, hatte er jemals die Hand erhoben oder die Stimme. Wahrscheinlich war er sogar stimmlos gewesen in seinen Träumen wie im Leben. Wang konnte sich nie an Träume erinnern, er kannte nur das mulmige Gefühl beim Aufwachen, jenes Gefühl, als wäre zu seinem grauen Schleier, mit dem er täglich zu sich kam, noch ein bleierner schwarzer Teppich dazugekommen, der ihn den ganzen Tag beschweren und in die Tiefe ziehen würde. Wang wusste wieder nicht, ob er in der vergangenen Nacht geträumt hatte, der bleierne Teppich war heute eher wie schwarze Ölflecken in einem endlosen, verseuchten Meer, als das er sich fühlte, aber er hatte sich schon morgens nicht auf der höchsten Ebene gefühlt, die ihm der graue Schleier und der tobende Wahnsinn je zugestanden hatten. Was er aber jetzt erlebte, war zu viel nach diesem Vormittag. Irgendetwas hatte ihn gerade lebendig gehäutet, und mehr als die Frage, wie er ohne Haut überleben konnte, beschäftigte Wang die Sorge, es müsse weithin sichtbar sein, dass er nun nackt und ohne Haut und blutig, verletzt und wehrlos war. Wang versuchte zu rationalisieren. Wenn die nicht zu ordnenden und einzuordnenden Gefühle überhandnahmen, versuchte er immer zu rationalisieren. Das hatte sich in den letzten

Jahren als einziges brauchbares Gegenmittel erwiesen, wobei Wang darauf achten musste, beim Rationalisieren seiner Gefühle nicht gleichzeitig auch zu versuchen, ein treffendes Wort für das aktuelle Gefühl zu suchen. Er musste jetzt vielmehr rationalisieren, dass er gerade befördert worden war, dass er in einem Büro war, dass es völlig normal war, in Büros befördert zu werden, auch wenn in Wangs Welt Beförderungen wie so vieles andere nicht normal sein konnten und er sich fühlte wie ein Außerirdischer, der krampfhaft darum bemüht war, seine extraterrestrische Intelligenz zu verbergen, da er ansonsten sicherlich sofort festgenommen und hingerichtet werden würde. »Denken, du musst jetzt denken«, sagte er sich vor, aber der graue Schleier ließ den Gedanken nicht durch und ein auf einer neuen Welle schwimmender massiver Ölfleck zerlegte den Satz in seine Einzelteile. »D. E. N. K. E. N«, setzte Wang sie wieder zusammen, und während er das tat, atmete er tief durch und versuchte, sich nicht anmerken zu lassen, dass er gerade tief durchatmen musste. Nun wusste er, dass es viele Arten gab, Chef zu werden. Aber er hatte nicht die blasseste Ahnung davon, wie viele Arten des Chefseins es gab. Er wusste nicht, wie man Chef tat oder war. Wüsste er doch nur von einer Form des Chefseins, ihm wäre schon geholfen. Musste er jetzt brüllen oder einen hochroten Kopf bekommen? Wie viel Brüllen war erlaubt, denn schließlich dürfte er sicherlich nicht so laut brüllen wie der wahre Chef. Musste er sich Augen wie ein Raubtier zulegen? Und wie legte ein Raubtier seine Augen hinter einen Schleier? Dürfte man als Raubtier den schützenden Schleier überhaupt noch haben? Gab es andere Schleier, die nicht aussahen wie Schleier, aber die Augen und den hinter ihnen tobenden Wahnsinn dennoch vor der Realität abschirmten, oder besser, die Realität vor ihnen? Oder musste er, um die Augen eines Raubtiers zu bekommen, den schützenden Schleier gar gänzlich ablegen? Konnte er das überhaupt? Konnte nur Chef werden, wer entweder nie einen Schleier gehabt hatte oder in der glücklichen Lage war, mit einem unsichtbaren, raubtieraugenkompatiblen Schleier geboren worden zu sein? War sein Schleier kompatibel? Und wenn ja, woher bekam er nun glitzernde Raubtieraugen statt seiner beiden farblosen und stumpfen Pflaumen im Gesicht? Wenn das möglich war, war er, Wang, dann gar ein Auserwählter? Konnte er überhaupt darüber nachdenken? Woher konnte er denn die Gewissheit haben, dass er selbst sich diesen Schleier geschaffen hatte und die Kontrolle über ihn besaß? Konnte er mit Gewissheit sagen, dass er, Wang, es war, der den Befehl dazu gab, wann sich der Schleier über seine Augen legte und wann nicht? Und wie wichtig waren der Schleier und die Frage der Kontrolle über denselben denn nun überhaupt, wo es galt, ein Chef zu sein, und dafür jeglicher Anhaltspunkt fehlte? Sollte er sich an Li orientieren, der immerhin bis zu dem kollateralbefördernden Gespräch, das auf die fünfminütige Chefwartestarre gefolgt war, sein unmittelbarer Vorgesetzter gewesen war? Sollte er, Wang, nun etwa, wie Li, jedes Hinterteil, das noch an einer halbwegs jungen Frau hing, taxieren? Machten das alle Chefs seiner Kadergruppe so? Und konnte man dieses

Verhalten dann einfach so wieder ablegen, wenn man die Kadergruppe des wahren Chefs erreicht hatte? Dieser hatte nämlich noch nie, zumindest nicht in Wangs Erinnerung oder Beisein, ein weibliches Hinterteil besehen oder alle Frauen einer bestimmten Hinterteilgrößenbandbreite des Büros schon zum Essen eingeladen. Lag das daran, dass man ab einer bestimmten Kadergruppe dann wieder zivilisiert würde, oder lag es einfach daran, dass man ab der höheren Gruppe fast allabendlich ohnehin in Restaurants speiste, in denen auch Hinterteile serviert wurden, man sich diese also im Büro gar nicht mehr ansehen musste? Wang hatte keine Ahnung. Er war verwirrt. Da er wieder einmal nicht wusste, was genau von ihm erwartet wurde, tat er, was ihm ein wie aus der Ferne gesandter Instinkt sagte, der ihm schien, als wäre er gerade aus den zerstreuten Bestandteilen der Schriftzeichen seiner Gedanken, die die Ölwellen zerlegt hatten, wie magisch in der Brandung zusammengesetzt und an einen Strand gespült worden: »H. A. L. T. U. N. G.!« Er richtete die Schultern auf, zog den Bauch ein, rückte seine Brust heraus und ging mit sicherem Schritt und eine feste Stimme übend in die Teeküche, in der die Dicke gerade auf einem Hocker und mit einem Karton vor sich, auf dem sie ihr Mittagessen ausgebreitet hatte, mit der Schale dicht am unersättlichen Mund, Reis in sich hineinschaufelte. Der große Steuermann hatte gesagt: »Lernt schwimmen durch schwimmen.« Und da er jetzt ohne Schwimmreifen in ein Becken geworfen worden war, konnte Wang nur das tun. Er würde das Chefsein durch das Chefsein lernen. Beim Schwimmen muss man Arme und Beine bewegen, dachte Wang. Und er dachte darüber nach, was man beim Chefsein bewegen musste oder nicht. Irgendetwas sagte ihm, dass sich das Chefsein eher durch Reglosigkeit manifestierte und das hilflose Bewegen von Armen und Beinen den Untergebenen vorbehalten blieb, die gleichsam wie planlos vor sich hin Hechelnde von einem stoischen Chef in die richtigen Bahnen gelenkt werden mussten. Beim Chefsein, so dachte Wang, musste man vor allem gewichtig dastehen und entschlossen blicken. Und wenig sagen. Zumindest hatten das die meisten Chefs, die er gekannt hatte, so gehalten. Daher stand er nun, versuchend, den Raum zu füllen, mit festem Blick und geradezu entschlossen schweigend vor der Dicken in der Teeküche.

»Was is«, fragte sie kaum verständlich, aber eindeutig mürrisch, mit dem Mund so voller Reis, dass ihre dicken Backen wie aufgebläht schienen. »Siehst du nicht, dass ich esse, Wang?«, schob sie nach und unmittelbar darauf ein Stück fettiges Schweinefleisch in ihren Mund. Es war so fettig, dass ihr das Öl an den Mundwinkeln hinabfloss und sie sich schnell mit dem Ärmel ihres Kittels abwischen musste. Faszinierenderweise hatte sich das Öl genau in ihre rechte Lachfalte gefressen, aber Wang ließ sich weder durch dieses naturwissenschaftliche Phänomen noch durch die Frage, woher eine wie die mürrische Dicke überhaupt Lachfalten haben konnte, ablenken. Er blieb stehen und übte Chef. Doch während er übte, erkannte er, dass Chef üben hier nicht genügen würde. Er musste ab sofort Chef sein. Also stand er weiterhin reglos vor der Dicken, ihrem Karton und der Ölspur und beschloss, dass das nun keine Übung war, sondern völliger Ernst. Wang hatte für sich beschlossen: Ein Chef bleibt nun einfach stehen und sagt nichts. Und genau das tat er. Die Dicke schluckte alles, was sich in ihren aufgeblähten Wangen angesammelt hatte, hastig hinunter, damit, was sie nun zu sagen hatte, auch unmissverständlich verstanden werden würde und sie in ihrer Wut nicht das eine oder andere Reiskorn versehentlich ausspucken würde, wenn sie gleichzeitig versuchte zu sprechen: »Also, wenn du meinst, dass ich dir davon etwas abgebe, hast du dich geschnitten. Hol dir doch selbst etwas aus dem Straßenladen und hör auf, so begierig auf mein Dampfbrot zu starren, Wang.« Wang beschloss, dass nun der Zeitpunkt gekommen war, in dem der Chef, ohne von seiner raumfüllenden Körperhaltung abzugehen, auch sprechen musste. Manchmal, so sagte Wang zu sich selbst, müssten auch Chefs sprechen. Und dann müsse jedes Wort sitzen. Wang wusste auch: Manchmal war jetzt. Er fühlte sich in der Sekunde so, als habe das ölige Meer ihn gerade an Land gespült und er nun aufstehen müsse und weiterleben. Denn er war nicht ertrunken. Ihm war nicht im Geringsten danach, aber er würde es schon schaffen, und damit er dabei auch aussehen würde wie ein Chef, stemmte er seine Hände in die Seiten. Dann gönnte er sich selbst, aber auch dem Chef in sich, noch eine kleine Pause, bevor er sagte: »Ich will dein Dampfbrot nicht, was ich brauche, ist, dass du jetzt sofort aufisst, mir dann ein paar Kartons organisierst und noch zwei Ayis dazu, und dann macht ihr Li's Büro für mich sauber und meinen Schreibtisch für Li.

Das alles muss bis 14.30 Uhr über die Bühne gegangen sein, verstanden?« Wang schien, dass es nun Zeit für eine weitere dramaturgische Pause war, die aber durch einen geraden Blick ins schweinefleischfettverschmierte Gesicht unterstrichen werden musste. Also blickte er die Dicke fordernd an. Wang war voll des Staunens darüber, wie schnell er es geschafft hatte, sich wie ein Chef zu benehmen und was er gerade mit seinem eigenen Blick angestellt hatte. Noch erstaunter aber war er über die prompte Reaktion der dicken Ayi. »Was, Sie sind befördert worden, Genosse Wang?« Der Dicken fielen vor Schreck fast die Stäbchen aus der Hand, das letzte Fett des Stückchens Schweinefleisch spritzte aus ihrem rechten Mundwinkel, sie erhob sich schnell und murmelte noch: »Jawohl, Chef, wird gemacht. Und räumt Genosse Li seine Sachen selbst zusammen?« »Nein, er hat es vorgezogen, auf Mittagspause zu gehen, also werdet ihr das machen müssen, und diesen Karton, den du gerade als Esstisch missbrauchst, kannst du mir gleich mitgeben.« Wang zog der dicken Ayi förmlich den Karton unter dem Essen weg und ließ sie verdutzt zurück. Nicht jedoch, ohne zuvor noch einer Versuchung nachzugeben, die er, seit er erstmals in die Chefwartestarre versetzt worden war, gehegt hatte: »Außerdem, Ayi, du hast noch genau fünf Minuten, um aufzuessen. Ich erwarte dich und die anderen beiden in fünf Minuten in meinem Büro, also in Li's bisherigem. Und ich muss nicht betonen, dass ich absolute Pünktlichkeit erwarte. Ach ja, und genaugenommen nehme ich diesen Karton jetzt natürlich nicht mit, denn ihr Ayis werdet aufräumen. Das ändert aber nichts daran, dass ein Karton kein Esstisch ist. Und mich interessiert keinen Deut, dass es im ganzen Land mit Kartons und Esstischen so gehalten wird. Hier wird das ab sofort anders.«

Zum Glück hatte er den Fehler mit dem Karton gerade noch ausgebügelt. Hätte er nun seine Papiere selbst eingeräumt, hätte auch nur eine einzige Ayi gesehen, dass er mitarbeitet, er wäre in der Sekunde verloren gewesen. Wang hatte kein Problem mit Arbeit, aber er wusste, dass ein Chef nie selbst zupackt, wenn er als Chef wahrgenommen werden will. Er war erstaunt darüber, wie schnell ihm all diese Dinge einfielen. Wie einfach es war, zu kommandieren, dachte Wang. Und wie einfach es war, ein Kommando befolgt zu bekommen. Eigentlich widerlich. Seine eigene kollaterale Beförderung hatte ihn in wenigen Minuten mehr über das Funktionieren der Massen gelehrt als alle Ideologiestunden, die er auf der Universität und Parteiakademie verpasst bekommen hatte. Plötzlich verstand Wang, dass es immer neue Menschen gibt, die, aus den Massen gelöst, in die Stufe der Machthaber befördert werden und gar nicht anders können, als sich die Massen zu unterwerfen. Wang erschrak, weil er feststellen musste, dass ihm die Vorstellung, Li ausgebremst zu haben, wenn auch ohne eigenes Zutun, irgendwo in einem verborgenen Winkel doch Genugtuung bereitete. Er war gerade korrumpiert worden. Und er hatte schon unmittelbar darauf genau das getan, was ein gerade erst korrumpierter Chef tut: den Massen zeigen, dass er nicht mehr zu den Massen gehört. Im Karton, den er der Ayi unter einem Dampfbrot und einem in einer weißen Plastikschale verpackten Schnellmenü weggezogen hatte, waren Instantnudeln der Marke »Glückliches Mahl« der Sorte mit scharfem Rindfleisch nach Sichuan-Art von Nanjing, wo sie produziert worden waren, bis in die Hauptstadt gefahren worden. Und jetzt würde die Ayi diesen Karton, der die Mittagessen unzähliger Volksgenossen beinhaltet hatte, nie mehr als Esstisch missbrauchen, sie würde stattdessen das, was er von seiner alten Existenz als Kader der niedrigeren Gruppe in die höhere Gruppe hinüberretten wollte, in diesem Karton verstauen. Er würde ihr genau sagen, was. Er würde nichts anfassen. Und fasste dann doch etwas an, bevor es die Ayis überhaupt zu sehen bekommen konnten. Er griff nach dem Stapel Papier, den er heute zweimal von links nach rechts geräumt hatte, während Zhang nicht hatte merken sollen, dass er an sie gedacht hatte, und beschloss, dass er ihn nie mehr umräumen wollte. Er sah nicht einmal mehr nach, was auf den Papieren stand und warf den ganzen Packen einfach in den Müll.

Während die drei Ayis blitzschnell aufräumten und putzten, beschränkte sich Wang auf das, was gerade mit der ersten Ayi funktioniert hatte: Er stand breit da, versuchte, seinen Blick schleierfrei und konzentriert zu halten und sprach so gut wie nichts. Aus seinem Mund kamen nur Befehle. Wie gern hätte Wang in dieser Situation seinen Schleier gehabt, aber er wusste, er durfte nicht. Es kostete unendlich viel Kraft, seine Augen nicht hinter den Schleier zu legen, denn eigentlich wollte er weder sehen, was sich hier tat, noch seine anderen Sinne anwesend halten. Er wollte nicht hier sein. Er durfte aber auch nicht in seine Scheinwelt entfliehen. Seine Macht gab ihm einerseits ein wenig der so aufgewendeten Kraft zurück, denn er sah, wie sie etwas bewegte, im konkreten Fall die drei Ayis, aber sie vermochte seine Zweifel nicht zu überdecken. »Ich bin wirklich ein Arschoch. Ich bin in der Sekunde zum Arschloch geworden. Meine Ex-Frau hatte Recht. Vielleicht war ich immer schon ein Arschloch. Warum ist es so viel leichter, schlecht zu sein als gut? Warum akzeptieren Menschen Boshaftigkeit leichter als Güte? Warum gehorchen mir diese Ayis plötzlich, die mir bislang nichts als Verachtung entgegengebracht haben? Sie gehorchen mir, obwohl ich keine Raubtieraugen habe und obwohl meine Stimme trotz aller Bemühungen nicht halb so fest ist wie die des wahren Chefs. Ich begreife es nicht. Die Dicke ist richtig unterwürfig. Widerlich.« Wang mochte sein neues äußeres Ich nicht. Aber es machte keinen Unterschied. Denn Wang mochte auch sein verirrtes, verrücktes, unordentliches inneres Ich nicht. So also tröstete er sich damit, dass er nun zumindest ein bedeutenderes äußeres Ich hatte, während sein inneres jämmerlich wie immer war. Die Ayis hatten Li's Büro um exakt 14.29 Uhr geräumt und geputzt. Dass man den Wischmopp zur Abwechslung einmal in frisches Wasser tunken konnte, würde Wang der dicken Ayi schon auch noch beibringen, dachte er, als er die Schlieren auf dem Boden sah. Nun war aber nicht der richtige Zeitpunkt dafür. Er schob vielmehr den Stuhl nach hinten und zog damit noch mehr Schlieren auf dem Linoleumboden, setzte sich und blickte ein paar

Augenblicke lang ruhig um sich. Dann legte er ein Blatt Papier und einen Bleistift vor sich auf den Tisch, der nun der seine war, und starrte auf das Telefon. Es läutete, wie vereinbart, um 14.30 Uhr, und Wang gab sich alle Mühe, das zu tun, was so viele Kader seiner Gruppe in diesem Land beherrschen mussten: Er musste gleichzeitig ein Chef sein und gleichzeitig einer, der von jemand anderem Befehle entgegennimmt. Er wusste nicht, was ihm schwerer fiel oder leichter.

»Der Sprecher der zweiten Tagung des elften nationalen Volkskongresses erbittet die Freude Ihrer Anwesenheit bei einer Pressekonferenz, gegeben vom Premier des Staatsrates am Freitag, dem 13. März ... in der großen Halle im zweiten Stock der Großen Halle des Volkes um 10.00 Uhr.« Wangs Einladung hatte die Nummer 755. Das konnte nur ein Versehen sein. Als dermaßen wichtiger Vertreter eines wichtigen Mediums hätte er eine höhere Nummer erhalten müssen. Aber er konnte die Einladung ohnehin nicht behalten. Die Einladung mit der aufgestempelten Seriennummer würde ihm beim Betreten der Halle abgenommen werden. Würde er vor der Pressekonferenz den Saal noch einmal verlassen müssen, zum Beispiel, um seine Runde am Buffet zu ziehen oder die Toilette aufzusuchen, in der entgegen dem geltenden Rauchverbot der inoffizielle Rauchsalon des Gebäudes untergebracht war, würde man ihm eine andere aushändigen. Würde er in den Saal zurückkehren, würde er auch diese wieder abgeben müssen. Das war das ausgeklügelte System, mit dem sichergestellt wurde, dass nur Menschen mit Einladung bei der jährlichen

Pressekonferenz des Premiers des Staatsrates anwesend waren.

Es war, wie jedes Jahr, ein strahlend schöner Tag. Immer zum Beginn der Tagung des Nationalen Volkskongresses und zu dessen Höhepunkt, der Pressekonferenz des Premiers des Staatsrates, schien die Sonne. Wang war rechtzeitig aufgestanden. Er hatte ohnehin schlecht geschlafen. Und schon den ganzen Morgen quälten ihn Angstvorstellungen. Er sah sich, zur Frage aufgerufen, in dieser großen Halle, der Großen Halle des Volkes, stimmlos. Er wollte etwas sagen und konnte nicht. Den ganzen Morgen schon grübelte Wang darüber nach, was er wohl hätte fragen wollen. Und zudem brütete er darüber, was wohl die vorab eingereichte Frage des *Volksblattes* war, die er nun zu stellen die zweifelhafte Ehre haben würde. Wie jedes Jahr mussten die Fragen an den Premier des Staatsrates vorher beim Pressebüro eingereicht werden. Wie jedes Jahr konnte er davon ausgehen, dass das *Volksblatt* nach der staatlichen Nachrichtenagentur und dem staatlichen Fernsehen zu einer Frage aufgerufen werden würde, in der ersten Runde, noch bevor ein bis zwei ausgewählten Vertretern der ausländischen Presse demonstriert werden würde, wie die sozialistische Pressefreiheit chinesischer Prägung aussieht. Jeder wusste, was seine Frage war, und jeder wusste, ob er sie stellen durfte oder nicht. Nur Wang wusste es nicht. Er hatte sich bei seinem gestrigen Telefonat mit der Presseabteilung keine Blöße geben können. Es wäre unangebracht gewesen, danach zu fragen, ob das *Volksblatt* eine Frage stellen dürfe, denn das war evident. Und zu fragen, welche, wäre einfach nur dumm gewesen. Er hatte auch seinen Chef nicht mehr fragen können. Und Li konnte er schon überhaupt nicht fragen. Das wäre völlig undenkbar gewesen. Also war Wang fraglos zurückgeblieben. Während er, wie im Reflex, nach der bezeichnungslos in sich gemusterten Seidenkrawatte gegriffen hatte, hatte er diesmal nicht über der perfekten Frage gegrübelt. Er hatte ein ganz anderes Problem. Was nur, fragte sich Wang, ist diesmal die richtige Frage? Der Gedanke an die richtige Frage premierministerlicher Prägung überdeckte alles, womit er sich seit Monaten beschäftigte, wenn nicht seit Jahren. Er verschwendete keinen Gedanken an das perfekte Wort mehr oder an Zhang oder daran, sich ihr beweisen zu wollen, sie schlich sich vielmehr an diesem Morgen keine Sekunde in seine Wahnsinnsspirale ein. Diese drehte sich um eine rote Seidenkrawatte, um einen Premier, der heute wahrscheinlich auch eine solche tragen würde, und um die Ehre des *Volksblattes*, die er gegen die Schande des Genossen Li zu verteidigen hatte. Wie hatte er nur in diesen Strudel geraten können? Er fühlte sich erdrosselt durch die viel zu eng gebundene Krawatte und bekam auch noch keine Luft, nachdem er den Knoten gelöst hatte.

Langsamen Schrittes ging der Genosse über den Tiananmen-Platz, zu dem er mit der U-Bahn gefahren war. Er ging so langsam, als wolle er damit das Unvermeidliche hinauszögern, und dieses Unvermeidliche war grausam: Er würde aufgerufen und gefragt werden. Und keine Frage haben. Und diesmal würde es nicht daran liegen, dass er selbst an der Suche nach dem perfekten Wort gescheitert war. Man hatte ihn vielmehr mit einer fragwürdigen Beförderung zum Scheitern verurteilt. Wang wünschte, der Platz wäre noch größer, er wünschte, die Schlange vor ihm wäre länger, er betete darum, nicht durch diese Sicherheitsschleuse gelassen zu werden, weil es mit seiner Akkreditierung irgendein Problem gab. Aber nichts dergleichen geschah. Gerade als Wang seinen Schlüssel und sein Mobiltelefon nach der für seine Begriffe viel zu schnell passierten Schleuse wieder an sich nahm, klopfte ihm jemand auf die Schulter. Es war sein Chef, dessen Augen heute statt an ein Raubtier an einen müden, geprügelten alten Hund erinnerten. Zweifellos hatte der Chef gestern wieder irgendwo gesoffen. Und wahrscheinlich sogar mit dem Mann, dem Wang nun ganz unvermittelt die Hand schütteln musste. Wang konnte nicht nachvollziehen, wie und wann seine Hand in der fleischigen, feuchten und unangenehm fordernden Hand dieses Mannes gelandet war. Aber er wusste, dass sie nun dort zu sein hatte, und zwar genauso lang, wie der andere das wollte. »Genosse Wang ist eine ganz große Hoffnung für unseren sozialistischen Journalismus. Er versteht die Bedürfnisse der Massen, aber er erfasst aufgrund seiner soliden ideologischen Bildung auch die Notwendigkeiten unserer Staatspolitik«, grinste der Chef den anderen Verkaterten, der Wangs Hand einfach nicht loslassen wollte, an. Wang verbeugte sich leicht und sah sich natürlich bemüßigt, das Kompliment zurückzuweisen und stattdessen die Weitsicht, Milde und Führungsqualität seines Chefs zu loben. Er hatte allerdings keine Ahnung, vor wem er das tat. »Das ist gut zu hören, Genosse Wang«, sprach der unbekannte Verkaterte, der nun endlich Wangs Hand losließ. »Als Leiter der Inlandsabteilung unseres Propagandaamtes wollte ich Ihnen nur gesagt haben, wie wichtig es für unsere Volksrepublik ist, junge, engagierte und aufstrebende Propagandamitarbeiter zu haben, die die Errungenschaften des Sozialismus richtig zu vermitteln verstehen. Sie leisten Großes für Ihr Vaterland, Genosse«, sprach der Verkaterte noch, klopfte Wang mit derselben rechten, fleischigen Hand jovial auf die Schulter und ging weiter, Wangs Chef, der nun aussah wie ein geprügelter, alter und zudem hinterherhechelnder Hund, in seinem Schlepptau.

In der Halle, die sich unmittelbar nach dem Osteingang der Großen Halle des Volkes ausdehnte, war das Treiben so groß, dass man fast vergessen konnte, welch gewaltige Dimensionen sie hatte. Man raufte um Plätze auf den wenigen verfügbaren Bänken, stellte sich an um das Teegebäck, schlürfte Tee aus kleinen Plastikbechern. Man tat so, als würde man die durch das Organisationsbüro rechtzeitig gedruckten und für die Presse aufgelegten Resolutionen und Reden tatsächlich verstehen, während man so tat, als wäre man richtig in Arbeit versunken. Man konnte auch so tun, als wäre man gerade bei einem wichtigen Hintergrundgespräch mit einem der Herren mit rotem Namenskärtchen. Ältere Kollegen verzogen sich zum konspirativen Plausch bei einer Zigarette auf die Herrentoilette. Nachwuchsjournalistinnen in hübschen Kostümen interviewten Menschen, die sie gar nicht kannten und deren Namen sie erst nach dem

Interview von den Kärtchen ablasen, die hier jeder zu tragen hatte. Unter 3000 Abgeordneten war die richtige Wahl zu treffen nicht leicht. Aber nach einer Woche Parlamentstagung, die heute zu ihrem Höhepunkt gekommen war, gab es ein einfaches Auswahlkriterium: Je wichtiger jemand war, desto mehr musste er in der vergangenen Woche gefeiert haben. Und wer eine Woche lang gefeiert hatte, dem müsste man das ansehen. Je älter und verquollener man aussah und je prominenter das rote Namenskärtchen platziert war, desto größere Chancen hatte man, als Originalton in einem der Tausenden Lokalsender des Landes zu landen. »Die Deputierten haben mit ihrem überwältigenden Votum für die neue Krankenversicherung in ländlichem Gebiet nicht nur die weitblickende Politik unseres Staatsrates abgesegnet, sie haben damit auch ein klares Signal für die gesellschaftliche Harmonie unseres Landes abgegeben. Diese hat über allem zu stehen. Nur harmonisches Wachstum ist gutes und nachhaltiges Wachstum. Das sagte nicht nur der Premier in seinem Rechenschaftsbericht über die Tätigkeit der Regierung im vergangenen Jahr, das sagen auch wir, die Abgeordneten. Und weil wir Volksvertreter sind, sagt das auch das Volk«, laberte ein älterer, untersetzter Herr mit perfekt gefärbtem Haar und offensichtlicher politischer Erfahrung in das Mikrofon von Dandong-TV, das zufälligerweise von einer adretten jungen Kollegin im rosaroten Kostüm gehalten wurde. »Was sind Ihre Erwartungen für das nächste Jahr?«, hakte die junge Kollegin nach, und der ältere Herr, den sein Namenskärtchen als einen Abgeordneten der schönen Provinz Heilongjiang offenbarte, war glücklich darüber, seine Lobpreisungen über die Zukunft nun noch einmal von vorne beginnen zu dürfen. Fast unmittelbar neben der jungen Kollegin stand eine andere, diese allerdings im roten Kostüm, die laut dem Aufdruck auf dem Windschutz ihres Mikrofons nach Yunnan gehören musste und sehr konzentriert schien: »Ich befinde mich hier in der Großen Halle des Volkes, wo der Präsident des Staatsrates heute eine Pressekonferenz abhalten wird. Tausende Mitglieder der nationalen und internationalen Presse sind hier … Mist! … sind hier … dumme Formulierung! Da muss mir etwas Besseres einfallen! Das mache ich noch einmal«, sagte sie etwas irritiert in Richtung ihres Kameramannes, strich sich durchs Haar, warf sich in Position und blickte ihren Kameramann, der das Ganze ohne Stativ aufzunehmen hatte, fragend an. »Du sagst mir, wenn es geht, ja?« Der Kameramann wackelte leicht, schärfte noch einmal und schrie dann: »Geht!« Und die junge Kollegin setzte noch einmal an: »Hier, in der Großen Halle des Volkes, findet heute … Mist! Jetzt habe ich gar nicht gesagt, dass ich da bin … noch einmal! Also: Ich bin hier in der Großen Halle des Volkes. Hier findet heute … Mist! Das klingt alles nicht feierlich genug und wird zudem immer schlechter, findest du nicht?« Der Kameramann nahm die Kamera von der Schulter, ganz so, als hätte er schon viel zu oft viel zu lang die Kamera auf seiner Schulter gehabt, weil seine Redakteure nicht genau wussten, was sie eigentlich sagen wollten, tat so, als müsse er erst seine Schulter wieder einrenken und gab ihr leise einen Rat: »Ich glaube, du rufst jetzt besser die Chefredaktion an und lässt dir von denen sagen, was du sagen sollst. Dann holst du dir eine Tasse Tee und lernst die drei Sätze auswendig. Wenn du sie kannst, beginnen wir noch einmal. So wird das heute nämlich nichts mehr. Du findest mich vor der Tür, ich rauche jetzt eine Zigarette.«

»Ich habe überhaupt nicht vor, mich für etwas zu entschuldigen«, schrie rechts von ihm jemand. Und Wang kam die Stimme bekannt vor. »Ich sage jetzt noch einmal, wenn man an meiner Arbeit irgendetwas auszusetzen findet, dann in Ordnung, aber wir wissen beide, dass es an meiner Arbeit nichts auszusetzen gibt. Und Ende!« Die Bissige von der staatlichen Nachrichtenagentur war also wieder bestens gelaunt. Wahrscheinlich sprach sie wieder mit ihrem Chefredakteur. Denn das war der Mensch, mit dem sie eigentlich immer nur stritt, statt mit ihm zu sprechen. Die gesamte Pekinger Presse, mit Ausnahme Wangs natürlich, an dem das Gerücht vorübergegangen war, fragte sich seit Jahren, ob sie mit ihm so viel stritt, weil er ihr Chef war oder weil er ihr Geliebter war. Und die gesamte Pekinger Presse, die natürlich nie zugeben würde, dass sie wusste, dass die Bissige ein Verhältnis mit ihrem Chefredakteur hatte oder er mit ihr, fragte sich zudem, ob das eine besonders leidenschaftliche oder eben einfach eine besonders schlechte Beziehung war. Jedenfalls staunte jeder über die Offenheit, mit der die Bissige ihren Chef immer und überall zur Schnecke machte, wobei man ihr, und da hatte sie sicher Recht, bei aller Lustlosigkeit, mit der sie ihre Meldungen verfasste, noch nie hatte nachsagen können, dass ihre Staatsagentur-Meldungen weniger als perfekt waren. Sie lächelte den Propagandaverantwortlichen, an dem sie gerade vorbeiging, kurz an, senkte dann die Stimme und fuhr fort: »Also, wenn du willst, kann ich dir jetzt auch sagen, dass du ein echter Schlappschwanz bist, nie Eier gehabt hast und auch nie haben wirst und zudem von deinem Job keine Ahnung hast. Und wenn du jetzt nicht sofort aufhörst, mich damit anzujammern, dass sich heute irgendein subalterner Niemand des Propagandaministeriums bei dir über mich beschwert hat, dann sage ich es auch gerne so laut, dass es der Chef des Propagandaministeriums, der mich gerade freundlich begrüßt hat und mit dem ich jetzt ein Tässchen Tee trinken werde, auch hört und versteht. Kapiert?« Die Bissige legte auf, ohne die Antwort ihres unfähigen Chefs und nutzlosen Geliebten abzuwarten, denn diese Antwort wäre sicher wieder diese beschwichtigende, von Liebesschwüren nur so triefende, lächerliche Tour gewesen, wie sie sie schon tausendmal gehört hatte. Dafür hatte sie einfach nicht mehr den Nerv. Jetzt nicht und nie wieder. Sie würde den Trottel heute noch, und zwar mitten aus der Pressekonferenz des Premiers des Staatsrates, per SMS abservieren, und zwar genau dann, wenn der Premier des Staatsrates seine Antwort auf ihre brillante Frage geben würde, denn die Antwort kannte sie schon jetzt und ihre Meldung war auch schon fertig geschrieben. Daher würde sie unmittelbar nach der SMS an diesen Jammerlappen von Chef und Geliebten ihr Telefon abstellen, zuvor musste sie aber jetzt noch dringend mit dem Chef des Propagandaministeriums Tee trinken und sicherstellen, dass ihr unnötiger Chef und Geliebter an die Pressestelle irgendeiner bedeutenden ausländischen Botschaft befördert würde, so weit weg von ihr wie nur irgendwie möglich, damit sie sich seinen Pseudoliebeskummer in Zukunft nicht mehr täglich anhören musste und schon gar nicht sein trauriges Gesicht ansehen, wenn er sie nach einem weiteren Streit um Vergebung anflehte, der rückgratlose Vollidiot, der nie begriffen hatte, dass er mit jeder weiteren Vergebungsorgie in ihrem Ansehen nur noch tiefer sank. »Ich muss ihn endgültig loswerden«, zischelte sie vor sich hin, während sie ihren Blackberry in die Tasche fallen ließ, um die Arme frei zu haben für eine herzliche Umarmung mit dem Propagandaminister, den sie seit Studienzeiten kannte und mit dem sie das jetzt alles einfädeln würde. Der Trottel von Chef war nicht nur eine Gefährdung für sie selbst, sondern für die Sicherheit der staatlichen Öffentlichkeitsarbeit geworden, davon war die Bissige überzeugt. Und das würde sie dem Chef des Propagandaministeriums jetzt klarmachen, wenn auch nicht mit genau diesen Worten. Und wenn man sie ganz nett darum bitten würde, würde sie natürlich auch die Leitung der staatlichen Nachrichtenagentur übernehmen und jede einzelne Meldung persönlich umschreiben, auf dass die Qualität, die man bisher nur von ihren eigenen Meldungen kannte, zum Markenzeichen aller Meldungen werden würde, so brillant im Sinne der Volkspolitik, dass die staatliche Nachrichtenagentur zum Vorbild perfekter Propagandaarbeit weltweit werden würde. Oder aber sie würde bleiben, was sie jetzt war: die anerkannteste, bissigste und perfekteste Schreiberin der Nachrichtenagentur, um die der nächste Chef einfach einen großen Bogen machen sollte, als Schreiberin, vor allem aber als Frau.

Je länger er auf das zwei mal zwei Zentimeter große Kuchenstück vor sich blickte, desto klarer wurde Wang: Seine Situation war ausweglos. Es war sinnlos zu hoffen, dass man ihn nicht zur Frage aufrufen würde, sich zu verstecken käme also einem Selbstmord gleich. Es war auch äußerst unwahrscheinlich, dass ihm die vorab vom *Volksblatt* eingereichte Frage in genau der Tonalität und Wortwahl plötzlich wie eine Eingebung von oben einfallen würde, also konnte er nur verlieren. Er konnte dabei allerdings, so dachte Wang, zumindest einen guten Abgang einlegen. Er könnte sich auf das rückbesinnen, was ihn seit gedachten und gefühlten Ewigkeiten antrieb und woran er schon so grandios gescheitert war: Er konnte sich für niemanden Geringeren als den Premier des Staatsrates die perfekte und zudem kritische Frage einfallen lassen. Es war schwer genug, jetzt diese Frage auf die Schnelle zu formulieren, und es war schwer genug, abzuschätzen, ob er denn in dem Augenblick, in dem er in seinem Anzug dann wirklich dastünde, mit all den Kameras auf ihn gerichtet, auch wirklich formulieren würde, was er sich zurechtgelegt hatte, aber wie immer er es drehte und wendete: Es war der einzige Ausweg. Wang biss in den Kuchen, nahm noch einen Schluck Tee und bewegte sich dann mitsamt seiner Einladungskarte in den Saal der Pressekonferenz, um dort auf einem der roten Stühle mit goldener Lehne Platz zu nehmen. Er nahm das Gewirr, das hier herrschte, gar nicht wahr. Er bemerkte nicht, wie viele Kabel über ihn und um ihn herum gezogen wurden und wie viele junge Kolleginnen in hübschen Kostümchen wild gestikulierend irgendwelchen gelangweilten Kollegen in blauen Anzügen bedeuteten, sie möchten doch einen Platz freihalten. Wang versank in seine Frage. Er bemerkte auch kaum, wie der Premier des Staatsrates einzog und sich der ganze Saal erhob. Er stand mit dem Saal auf und applaudierte dem Premier des Staatsrates mit all den anderen, aber er dachte keinen Augenblick daran, was er da tat. Er hörte dem Premier des Staatsrates auch gar nicht zu, nur nebenbei bemerkte er, dass er einiges über die Finanzkrise zu sagen hatte, und das fand Wang irgendwie belustigend, denn genau in diese Richtung wollte er seine Frage stellen. Er hatte auch keine Ahnung, wie lange der freundliche Premier sprach, aber irgendwie wurde er früher als erwartet aus seinen Gedanken gerissen. »Freunde Journalisten, nun ist der Zeitpunkt gekommen, an dem wir Ihre Fragen annehmen, und wenn ich recht sehe, hat sich Kollege Wang vom *Volksblatt* schon für eine gemeldet. Wir wollen ihm natürlich gerne den Vortritt lassen, denn das *Volksblatt* ist ein wichtiges Organ unserer Volksrepublik, mehr als ebenbürtig mit der Nachrichtenagentur und dem Staatsfernsehen. Genosse Wang, bitte«, lächelte der Zeremonienmeister über viel zu viele Reihen hinweg, und Wang wurde plötzlich nicht nur bewusst, dass er an der Reihe war, ihm wurde auch bewusst, dass er als das fleischgewordene *Volksblatt* viel weiter vorne sitzen müsste. Wang erhob sich wie in Trance, sah aber dennoch mit einem Mal alles klar vor sich. Er sah sich, Wang, nicht verschwitzt, er, Wang, fühlte, dass da kein Schweiß war. Das Podium, in dessen Richtung er blickte, war für ihn klar zu erkennen, fast so, als wäre auch der Augenschleier verschwunden. Irgendwoher aus diesem hohen Raum schwebte ein Wang in ihn, den er zuvor noch nie gesehen hatte. Er lächelte ihn an. Er zwinkerte ihm zu. Er fuhr in ihn. Beide Wangs hatten noch einen Augenblick, um sich zu räuspern, bevor ihnen das Mikrofon gereicht wurde, in das ein Wang mit einer Stimme und ohne Zögern sprach: »Genosse Premier, danke für Ihre Ausführungen und die Gelegenheit, eine Frage zu stellen. Der diesjährige Volkskongress hat zahlreiche Maßnahmen gegen die Auswirkungen der Finanzkrise in unserem Land getroffen, die Sie nun dankenswerterweise erläutert haben, die USA und Europa sagen allerdings, dass China mit Billigprodukten, Importzöllen und einer künstlich niedrig gehaltenen Währung den Wettbewerb verzerrt und so seinen Teil zur Weltwirtschaftskrise beigetragen hat. Hat der Westen Recht? Herzlichen Dank.«

In den billigen Reihen hinten war Wang, wie ihm gerade auffiel, unter vielen Ausländern gelandet. Der Kollege des britischen Fernsehens warf ihm gerade einen erstaunten Blick zu und vermochte kaum, dabei seinen Mund wieder zu schließen, der Blick seines US-Kollegen war geradezu anerkennend und ein deutscher Printjournalist war offenbar knapp davor, seine Finger zu einem Victory-Zeichen zu formen. So mancher chinesische Kollege räusperte sich verlegen und so manche junge Kollegin strich sich, peinlich berührt, den Rock des Kostümchens zurecht. Die Bissige von der Nachrichtenagentur schwankte zwischen einem spöttischen Lächeln und einem unterdrückten Wutausbruch, was Wang gerade überhaupt nicht deuten konnte. Aber wenn er sich die Anerkennung der westlichen Kollegen und das betretene Schweigen der meisten chinesischen Kollegen und ihre gesenkten Blicke dazu vor Augen führte, konnte es keinen Zweifel geben: Er hatte gerade eine echte Frage gestellt. Er hatte es getan! Der andere Wang, der aus dem Nichts aufgetaucht war, hockte nun in seinem Bauch und applaudierte ihm. Er flüsterte in seinem Applaus: »Wir haben es geschafft, Wang, du und ich, das war eine Frage!«Sie war sicher nicht brillant formuliert gewesen, aber mehr war angesichts des Zeitdrucks, unter dem er sich für sie entschieden hatte, und der Plötzlichkeit, mit der er aufgerufen worden war, eben nicht möglich gewesen. In seiner Aufregung darüber, wie er gerade aufgerufen worden war, vergaß Wang, während er zur Tat geschritten war, fast die Bedeutung dessen, was da gerade geschah. Er hatte gefragt. Er hatte sich benommen wie ein Journalist. Er hatte die Aufgabe gelöst. »Ich habe gefragt«, sagte Wang ungläubig zu sich selbst. »Ja, Mann, und wie«, sagte ein westlicher Kollege neben ihm. »Spion«, zischelte es aus dem Inländer-Sektor vor ihm. Und jetzt würde das Schicksal seinen Lauf nehmen. Alles, was er erst gestern in Li's Büro hatte verfrachten lassen, würde wieder im Nanjing-Instantnudel-Karton landen, falls überhaupt, und mitsamt diesem auf dem Müll. Wang würde entlassen werden. Viel schlimmer noch, er würde wegen westlicher Propaganda und womöglich sogar wegen Spionage vor Gericht gestellt werden. Er würde nicht mit ein paar Jahren Umerziehung davonkommen. Es würde ein Schauprozess werden. Er sah die morgige Schlagzeile des Konkurrenzblattes schon vor sich: »Spion im *Volksblatt*«. Er sah die Kommentare, die dort und im Fernsehen erscheinen würden, schon vor sich. Alles würde man gegen ihn herauszerren. Dass er im Alter von 16 Jahren »Born in the USA« gehört hatte, das würde ein Nachbar aus seiner Gasse erzählen. »Ich habe das Nachbarschaftskomitee immer schon vor diesem subversiven Element gewarnt«, würde der Nachbar in eine Fernsehkamera sagen. Der Schuster Xiao würde erzählen, dass Genosse Wang Anhänger ausschließlich westlicher Marken war, und die Süßkartoffelverkäuferin würde aussagen, dass Wang bei ihr nie einkaufen habe wollen, weil er lieber Fastfood zu sich nahm. Sogar diesen Kaffee aus der US-Kette habe sie ihn einmal trinken gesehen. »Und bei den Preisen dort fragt man sich wirklich, woher er das Geld dafür hatte, jetzt natürlich ist alles klar.« In Wangs Mittelschule würde man seine Entleihungen aus der Schulbibliothek genau unter die Lupe nehmen und feststellen, dass er sich immer schon für die imperialistischen Philosophen interessiert hatte, selbst mit dem Christentum hatte er sich auseinandergesetzt, während die Schriften von Marx von Wang unangetastet blieben. Es würde in seinem Prozess nichts nützen, wenn er zu seiner Verteidigung vorbrächte, dass er die gesammelten Werke von Marx schon zu seinem 15. Geburtstag von einem Onkel geschenkt bekommen hatte und nicht zuletzt wegen seiner hervorragenden Kenntnisse derselben den Eintritt auf die Parteiakademie geschafft hatte. Außerdem war er nur einmal mit einem Kaffeebecher der US-Kette an der Süßkartoffelverkäuferin vorbeigegangen, aber wie sollte er heute noch beweisen können, dass in diesem Becher kein »Grande Latte«, sondern vielmehr ein »Green Tea Latte« gewesen war? Es würde ihm ohnehin niemand glauben. Nicht einmal sein Anwalt. Vielleicht würde sogar der Chef mit den Raubtieraugen abgesetzt werden, weil er es verabsäumt hatte zu erkennen, welche Natter er hier am gütigen Busen der Partei genährt hatte. Und Zhang? Würde sie ihn in der Haft besuchen? Wäre sie zumindest stolz auf ihn? Dürfte er sie noch einmal sehen, bevor er hingerichtet würde? Ja, er könnte sogar zum Tode verurteilt werden. In seiner Gasse würde man ihn ächten. Und seine Mutter würde sich die Augen ausweinen vor Trauer und Scham, einen solchen Nichtsnutz in die Welt gesetzt zu haben, der wissentlich all die Jahre liebevoller mütterlicher Erziehung und darauffolgender ideologischer Bildung weggeworfen hatte in einem feigen Akt von Vaterlandsverrat und mangelnder Dankbarkeit. Wahrscheinlich würde auch sie geächtet werden und ihren Arbeitsplatz verlieren. Seiner Mutter blieb nur, ins Dorf zu ihren Verwandten zurückzukehren, falls man sie dort überhaupt noch aufnehmen würde. War es das wert gewesen? Wang zweifelte nur kurz und dachte sich, während in seinem Kopf schreckliche Bilder von Haft, Prozess und Ächtung abliefen und er seinen Blick, schleierfreier denn je, nach vorne gerichtet hatte: Ja, das war es wert. In diesem Augenblick, so dachte Wang, fühle ich, dass ich lebe, denn ich habe mich überwunden. Und der andere Wang in seinem Bauch pflichtete ihm bei. Sie hatten es überwunden. Nun würden sie standhaft ertragen, was ihnen bevorstand. Es würde furchtbar sein.

Wang erwartete, dass aus dem premierministerlichen Mund ein Gewitter über ihn hereinbrach, er erwartete zwar keinen Schreianfall, aber er wusste: Was jetzt kommen würde, war die diplomatische Art eines chinesischen Gewitters. Und weil er das erwartete, war er fassungslos über das breite Lächeln, mit dem der Premier zu seiner Antwort ansetzte. »Ich danke Ihnen sehr für diese Frage, Genosse Wang, und ich benütze sehr gerne die Gelegenheit, den Vereinigten Staaten von Amerika meinerseits einige Ratschläge in Sachen Wirtschaftspolitik zu erteilen, denn so wie wir es aus unserer langfristigen, pragmatischen und nüchternen Perspektive sehen, bei der das Wohl des Volkes und nicht der Profit von Bankern an erster Stelle steht, sind imperialistische Anwürfe nicht angetan, die Solidarität in der Staatengemeinschaft zu befördern oder gar eine Krise zu lösen, die in den USA ausgelöst worden ist. Lassen Sie mich den USA also sagen, dass sie gerne von uns lernen können, wie man Banken reguliert und damit Kreditblasen vermeidet …« Den Rest der Antwort nahm Wang gar nicht mehr wahr, er war zu verblüfft über die Freude, mit der der Premier diese Frage, die sich Wang nach allen Maßstäben dessen, was er für eine kritische Frage hielt, zurechtgelegt hatte, beantwortete. Wang nahm auch den Rest der Pressekonferenz kaum noch wahr, stellte aber fest, dass der ausländische Kollege, der ebenfalls eine Frage stellen durfte, in dieser mehr oder weniger die neue Sozialpolitik der Volksrepublik lobte, und verstand die Welt überhaupt nicht mehr. Er entwischte nach dem Ende der Pressekonferenz schnell, denn einige der Ausländer schienen auf ihn zukommen zu wollen, vor der Bissigen gab es allerdings kein Entrinnen. Sie hatte zwar noch schnell eine SMS an irgendwen abgeschickt, war dann aber blitzschnell bei Wang. »Also du bist mir ein echter Satansbraten, Genosse Wang«, fauchte sie ihn, nicht ohne eine gewisse Bewunderung, an. Die Bissige warf sich gekonnt in Positur, strich ihr Haar zurück und leckte sich noch einmal schnell die Lippen: »Da habe ich mir wirklich eingebildet, ich kenne mich aus in den inneren Zirkeln der Partei und bei den gerade ausgegebenen Parolen, Feinden und Angriffsflächen. Aber ausgerechnet du, ein Niemand namens Wang vom *Volksblatt*, der zudem gestern ein noch kleinerer Niemand gewesen ist als heute, schnappst mir die Eröffnung des Frontalangriffs auf die USA und Europa und den westlich abgehobenen Imperialismus, der sich in deren Kritik an unserer weisen Politik zeigt, weg. Du verdammtes, kleines, ausgefuchstes Arschloch namens Wang! Sag, Genosse, wer bitte hat dir diesen Zund gegeben, ich war nämlich diejenige, die gestern Abend um 22.00 Uhr aus dem Propagandaministerium erfahren hat, dass unser Premier des Staatsrates heute auf die USA einschlagen will. Und ich, ich und noch einmal ich hätte die Vorlage dafür bieten sollen! Wer bitte hat dich um 22.00 Uhr angerufen? Etwa mein Chef? Ach, Blödsinn, der wusste ja gar nichts! Wer bitte war es? Und woher bitte hast du das alles?«

In diesem Augenblick ging der Chef des Propagandaministeriums noch einmal vorbei, und auch er konnte nicht anders, als Wang anerkennend und zugleich doch etwas erschreckt anzusehen. Denn in diesem Moment musste der Chef des Propagandaministeriums davon ausgehen, dass ihm irgendetwas entgangen war und er die Dinge doch nicht ganz so im Griff hatte, wie er meinte. Geradezu krampfhaft dachte er darüber nach, ob er denn einen Maulwurf in seinem Ministerium hatte oder ob Wang für höhere Weihen auserkoren worden war, und wenn ja, von wem. Denn bis zum heutigen Morgen hatte er vom unscheinbaren Genossen noch nie etwas gehört. Dennoch legte der Propagandaminister Wang seine fleischige Hand noch einmal anerkennend auf die Schulter: »Sie werden es noch weit bringen, Genosse, das habe ich sofort gesehen. Und jetzt kaufen Sie sich bitte bessere Kleidung, ich glaube nämlich, Sie werden bald einen führenden Politiker zu einer wichtigen Visite begleiten.« Wangs Chef, immer noch im Schlepptau des Propagandaministers, blickte völlig fassungslos und sah seinerseits schon vor sich, wie Wang morgen wieder umziehen würde, und zwar in sein Büro. Der Chef verzog sein Gesicht und murmelte irgendetwas, das klang wie: »Sehr gut, Wang.« Eigentlich hätte er ihn fragen wollen, wann das Propagandaministerium ihm mitgeteilt hatte, dass er diese Frage zu stellen habe und warum er ihm das nicht gesagt hatte. Immerhin hatte er mindestens fünf Telefonate über die Frage geführt und sie in vier Versionen ans Ministerium gefaxt, bevor sie approbiert worden war. Aber der Chef wusste, dass es in dieser Situation völlig undenkbar und zudem sinnlos war, Wang so etwas zu fragen. Er sollte besser einfach auf der Hut bleiben, denn Genosse Wang hatte offenbar einflussreiche Freunde. Und auch den Propagandaminister konnte er nur schwerlich fragen, wann denn die neue Order ausgegeben worden war. Was der Chef dabei nicht wissen konnte: Der Propagandaminister wollte eigentlich auch fragen, nämlich, woher und wann die Order aus seinem Ministerium gekommen war, aber ganz offensichtlich konnte auch er das in dieser Situation nicht tun. Ein Minister kann schwerlich derart öffentlich machen, dass er seine Mitarbeiter nicht im Griff hat. So fragte also niemand niemanden. Nur die Bissige rief schnell ihren Chef-Geliebten an und fragte ihn, ob er ihr denn verzeihen könne, dass sie ihn gerade habe verlassen wollen, noch dazu per SMS. Sie flötete etwas ins Telefon und wie immer verzieh ihr ihr Geliebter und wie immer hatte er als Chef ohnehin keine Ahnung davon gehabt, was sich professionell gerade abgespielt hatte, darauf, ihm das zu erklären, musste sie also keine Zeit verwenden. Sie flüsterte dem Propagandaminister danach noch schnell zu, dass ihr Schatz vielleicht doch besser in Peking bleiben sollte, weil nur er die staatliche Nachrichtenagentur in so schwierigen Zeiten wie diesen zu leiten vermöchte, und in so schwierigen Zeiten wie diesen könne man ihn auch nicht an die US-Botschaft versetzen, das wäre diplomatisch äußerst unklug. Der Propagandaminister konnte nicht anders als ihr beizupflichten und stellte fest, dass es damit überhaupt kein Problem mehr zu lösen gab. Er musste sich nicht für eine dumme und zudem mühsame Versetzung einsetzen und die Kampagne des anti-imperialistischen Gegenangriffs in Zeiten der Wirtschaftskrise war fulminant angelaufen. Alle Medien würden darüber berichten. Und so wie Wang es vorgebracht hatte, waren auch die westlichen Medien ganz hellhörig geworden und hatten keine Sekunde lang ein abgekartetes Spiel vermutet. Er musste auf diesen Wang zwar ein besonderes Auge werfen, aber heute war er ihm und der Volksrepublik nützlich gewesen. So also tat der Propagandaminister, was er am liebsten tat, und lud zum gemeinsamen Mittagessen. Und nach dem vierten Trinkspruch eröffnete er dem Genossen Wang, dass er in der Journalistengruppe sein würde, die den kommenden Besuch von niemand Geringerem als dem Parteisekretär und Staatspräsidenten in die chinesische Provinz begleiten würde. »Aber davor, Genosse, kaufen Sie sich bitte noch eine bessere Hose«, lallte er ihn noch einmal an, während die Bissige nicht aufhören konnte, Wang von der anderen Seite mit einem wiederholten »Nun sag endlich, wer?« zu piesacken, der Chef teilnahmslos mit glasigen Raubtieraugen am Tisch saß und Wang plötzlich wieder das Gefühl hatte, auf der ganzen Linie versagt zu haben.

5.

DER ZUG IN DIE PROVINZ SHANXI fuhr um 7.30 Uhr vom Pekinger Hauptbahnhof ab. Der Fahrplan war Programm. 7.30 Uhr war nicht einfach nur eine Richtlinie. 7.30 Uhr war völlig korrekt. Und wollte man um 7.30 Uhr abfahren, tat man gut daran, schon 15 Minuten vorher vor dem Gitter zu stehen, das rechtzeitig vor Einfahrt des Zuges geöffnet werden würde. Es konnte keinen Zweifel daran geben, dass der Zug pünktlich sein würde. In den 35 Jahren seines Lebens hatte Wang so gut wie nie eine nennenswerte Verspätung auf einem chinesischen Bahnhof erlebt. Genosse Wang hatte den Wecker auf 6.00 Uhr gestellt, das würde ihm genügend Zeit geben, sich vor dem wichtigen Termin noch einmal zu waschen. Es würde ihm auch ausreichend Gelegenheit bieten, einen sauberen Pullover und eine saubere Hose anzuziehen. Wang wusste genau, dass es bei einem Termin wie diesem nicht angebracht war, seinen einzigen, universell realsozialistisch blauen Anzug, eines seiner drei blütenweißen Hemden, die von der Ayi immer säuberlich gebügelt wurden, oder gar die beste seiner vier Krawatten, jene aus reiner Seide mit dem in sich ohne passenden Terminus dafür gemusterten Fadenlauf, anzuziehen; gleichzeitig war es aber auch unstatthaft, ja geradezu frevlerisch, in irgendeiner beliebigen Bekleidung vor den Parteisekretär zu treten, dem er heute noch gegenüberstehen würde. Wang verspürte ein leichtes Schauern, unmerklich fast, am ganzen Körper, aber er versuchte, es den Außentemperaturen zuzuschreiben, nicht der Größe der Aufgabe, die vor ihm stand. Er gähnte, ohne sich dabei die Hand vor den Mund zu halten. Er kratzte sich am Kopf, während er gähnte. Er warf die blau-gelb-gemusterte Bettdecke, die ihm seine Mutter zu seinem 33. Geburtstag geschenkt hatte, mit der anderen Hand und in einem Schwung zurück und hielt, nachdem er aus dem Bett aufgestanden war, erst gar nicht inne, um durchzuatmen, bevor er die Decke zusammenfaltete, an den Rand des Bettes schob und das Kissen, das er zuvor zweimal durchgeschüttelt hatte, darauf legte. Wang musste noch einmal gähnen. Das geschah sonst nie. Und weil nie vorkam, dass er auch außerhalb des Bettes noch einmal gähnen musste, kratzte er sich auch nicht noch einmal am Kopf. Er kratzte sich stattdessen durch seinen Frottee-Pyjama hindurch am Bauch und trat, während er das tat, ans Fenster. Die Stadt war in ein apokalyptisches Grau getaucht, das Wang wie die 17 Millionen weiteren Bewohner der Stadt als gewöhnliches Morgengrauen zu deuten gelernt hatte. Von der nahen Ringstraße fiel gelbes Licht in das Grau, ein Gelb, das an Intensität zu- oder abnahm, je nachdem, ob sich zu den Straßenlaternen ein Fahrzeug gesellte oder nicht. Verschlafen blickte Wang aus dem Fenster. Aber nachdem er die gewöhnliche Apokalypse, die ihm Normalität beschied, gesehen hatte, schloss er die Augen, als wollte er diesen Tag hören, nicht sehen. An der Ringstraße schwoll das anfängliche Plätschern an Autos zu einem steten Strom an. Ein Taxi reihte sich an das nächste, und Wang wusste, dass es nun an der Zeit war, sich zu waschen und die am Vorabend zurechtgelegten Kleidungsstücke anzuziehen. Eigentlich genoss Wang jeden Morgen seine Müdigkeit, denn solange er müde war, konnte er nicht denken. Er musste an nichts denken, nicht an sich, nicht an sein Leben und schon gar nicht an ein passendes Wort für das eine oder andere. Aber als er die weiße Seife, die in einer blauen Plastikschale neben dem Waschbecken lag, in die Hand nahm, beschlich ihn doch ein Gedanke. Wie unwillkürlich war die Seife nah an seiner Nase und er roch daran. Und augenblicklich beschlich ihn die Erinnerung an Zhang, mit der er seit Tagen nicht mehr gesprochen hatte. Seit er in seinem eigenen Büro saß, hatte er sie auch nicht mehr gerochen, denn er hatte nun seine eigene Sekretärin, die auch für seinen Tee zuständig war. Und diese Sekretärin roch nicht nach unschuldiger Seife, sie roch nach gar nichts, und das war wohl besser so. Wie oft hatte er sich zuletzt an durchschnittlich-apokalyptischen Morgen mit dieser weißen Seife gewaschen, ohne zu denken? Wie oft war es ihm gelungen, den Morgen so zu beginnen, wie er es mochte, mit etwa einer halben Stunde ohne Gedanken? Warum konnte er das heute nicht? Er würde sofort wieder verrückt werden, wenn er nun darüber nachdachte, warum es ihn verrückt machen würde, nicht zu wissen, warum ihm zuletzt gelungen war, nicht verrückt zu werden, was heute offenbar nicht gelingen wollte. Er rieb die Seife zu Schaum und wusch sich das Gesicht, ohne dabei auch nur im Geringsten den Eindruck zu gewinnen, dass irgendetwas von ihm abginge, dass er irgendetwas wegwaschen oder wegwischen konnte. Er seifte sich die Achselhöhlen ein und beugte sich danach über das Becken, um die Seife abzuspülen. Er putzte sich die Zähne. Er rieb sich das Gesicht noch einmal ein, diesmal mit Rasierschaum, und rasierte sich langsam, aber ebenmäßig. Während er all das tat, konnte keine noch so gewollte Gleichartigkeit einstudierter und oft wiederholter Bewegungen sein Denken stoppen. Er war hellwach, obwohl er todmüde war. Wang mochte nicht daran denken, wie oft er in den letzten Wochen an Zhang gedacht hatte, er wollte auch nicht daran denken, wie er jeden Gedanken schnell von sich gewischt hatte, denn würde er an das eine oder das andere denken, wären die wochenlangen Übungen der Wegwischung vergebens gewesen. Es galt, nicht an Zhang zu denken und auch nicht daran, nicht an sie denken zu sollen. Jeder Gedanke an Zhang und jede Erinnerung daran, nicht an sie denken zu dürfen, waren gleichrangig verboten. Denn Wang wusste, auch das Nicht-Denken war ein Denken, das er nicht denken durfte, weil er es nicht denken konnte, schon deshalb, weil es nämlich nichts zu Ende zu denken gab, wenn man an Zhang dachte. Er wusste nicht, was sie ihm war oder sein sollte, er wusste noch weniger, was er ihr sein konnte, so er denn erkennen würde, dass er ihr überhaupt etwas sein könnte, er wusste nur, jetzt hatte er ein Stück weißer Seife in seiner Hand gehalten und plötzlich ihren Geruch wieder in der Nase und in seinem ganzen System gehabt, obwohl diese Seife einer von 20 in diesem Bad gelagerten weißen Barren war, die nicht an die gesuchte Seife heranreichen konnten und daher unerwünscht dalagen wie Annäherungen an die gesuchte Perfektion oder Belege seines ständigen Versagens. Heute waren sie vorrangig Beweise für sein Scheitern, er sah sie alle vor sich und all die Szenen in all den Geschäften, in denen er sie erworben hatte, manisch auf der Suche nach Reinwaschung. Zhangs Geruch fuhr ihm bis in die Fingerspitzen, die wünschten, sie könnten dieses Stück Seife zerdrücken und auflösen, während Wang irgendwie sehnsüchtig wurde und seiner anderen Hand danach war, dieses Stück Seife zu liebkosen. Nun also hielt er wieder einen Barren weißer Seife in der Hand, und es war, als könne er diesmal dem Gedanken, dass das eine weitere von unzähligen weißen Seifen war, die er auf der Suche nach Zhangs Duft gekauft hatte, nicht entfliehen. Es war sogar noch schlimmer als das: Wang meinte plötzlich zu fühlen, dass er dem Gedanken gar nicht entfliehen wollte. Er versuchte, darüber nicht sofort panisch zu werden. »Morgennostalgie« flüsterte er sich selbst zu. »Ist nur dem Umstand zuzuschreiben, dass das Gehirn noch nicht normal arbeitet«, murmelte er, während er sich einseifte. »Aufwachtrauer«, fügte er hinzu, als er sich die Zähne putzte, »hm, vielleicht treffender, ja, Aufwachtrauer, völlig normal. Das Leben ist eben traurig, und wenn man gerade erst aus der mehrstündigen, selig betäubenden Flucht davor erwacht ist, wird einem das besonders stark bewusst, was sich nur in Trauer manifestieren kann, ja sogar muss.« Wang verspürte wieder dieses Drücken im Magen, aber er schrieb es dem Umstand zu, dass er seit Stunden nichts mehr gegessen hatte. Er würde sofort nach Verlassen des Hauses beim Straßenstand haltmachen und sich dort einen Becher warme Sojamilch und ein Omelett im Brot kaufen, heute sogar mit einem Stück Schweineschinken darin, denn sein Magen konnte nur vor Hunger drücken. Sein Kopf raste und die Magenschmerzen wollten nicht nachlassen, auch nicht, als er sich durch Ankleidung abzulenken versuchte. Seine Aufwachtrauer war zu Aufwachschmerz geworden. Musste das Leben so weh tun?, fragte sich Wang, als er, die Fassung bewahrend, aus dem Haus ging und die Tür abschloss. »Geh aus meinem Kopf, Zhang«, sagte er, ohne darauf zu achten, ob es irgendwer hören konnte oder nicht, auf dem Weg zum Straßenstand. »Schlaf weiter, Zhang«, murmelte er, als er bezahlte, diesmal leiser, denn er wurde sich der anderen Menschen bewusst. »Ich kann das jetzt nicht denken, nicht jetzt, jetzt nicht und niemals, verschwinde aus meinem Kopf, Zhang«, sagte er, diesmal lauter und im Schutz des Autolärms und der quietschenden Bremsen, als er ins herbeigewinkte Taxi einstieg. Mit jedem Mal sagte er sich und Zhang entschlossener, dass sie verschwinden solle. Aber sie ging nicht. Sie blieb einfach da. Als könne er sie damit aus seinem Kopf verdrängen, biss er in das Omelett. Sein Magen knotete sich augenblicklich zusammen. Sein Kopf wollte explodieren. Der Taxifahrer sah ihn mit müden Augen an. »Wohin?« »Ach, Verzeihung, zum Hauptbahnhof.« »Hauptbahnhof?«, gähnte ihn der Taxifahrer an. »Ja, Peking Bahnhof, muss ich dir den Weg dorthin erklären oder was?«, antwortete Wang missmutig mit vollem Mund und wunderte sich gleichzeitig über seine Unhöflichkeit, die ihm an ihm selbst völlig fremd war. Zhang hatte nicht nur seinen Wahnsinn verstärkt, sie hatte ihn jetzt also auch noch unhöflich und ungehalten gemacht. Ihm war danach, mit etwas nach etwas zu werfen, aber er wusste nicht, wie man das tat und da war auch nichts, womit man werfen konnte, und auch nichts, wonach. Wang schien, als breche etwas aus ihm heraus, was dort nie gewesen sein konnte oder wenn doch, dann so tief vergraben gewesen sein musste, dass er es nie bemerkt hatte. Dieses Etwas war ihm fremd. Er biss noch einmal in sein öliges Frühstück und stellte fest, dass er eigentlich gar keinen Hunger gehabt hatte. Sein Magen entknotete sich und schmerzte stattdessen wieder. Genosse Wang trank von der Sojamilch im Plastikbecher, obwohl er keinen Durst verspürte. Sie schmeckte außergewöhnlich süß und ließ einen sandigen Nachgeschmack in seinem Mund zurück. Ohne Durst und ohne den Geschmack der lauwarmen Milch auch nur im Geringsten zu genießen, zog Wang noch einmal am Strohhalm, der durch den Deckel des Plastikbechers gebohrt war. Er musste diese Sojamilch jetzt sofort austrinken. Damit wäre er zumindest eine Sorge los, wenn auch eine, die er sich selbst aufgehalst hatte, weil er diese dämliche Sojamilch gerade erst gekauft hatte. Würde er die Sojamilch jetzt nicht sofort austrinken, würde ihn der Gedanke an die lauwarme Sojamilch, die viel zu süß war, länger als notwendig beschäftigen. Jeder Blick auf den halbvollen Becher würde ihm nur in Erinnerung rufen, dass er keinen Durst hatte, dass diese Milch keinen Geschmack hatte, aber viel zu süß war, dass er sie nur gekauft hatte, um sich abzulenken, und jetzt erinnerte ihn diese Ablenkung zusätzlich an das, wovon er sich ablenken wollte, und verstärkte damit das Problem also nur, und zu alldem kam, dass er nicht wusste, wohin damit, es sei denn, er tränke sie augenblicklich aus. Also tat er es und warf den leeren Becher aus dem Fenster. Mit dem Frühstücks-Sandwich, einem runden, kleinen Fladenbrot, das mit einem öligen Omelett belegt und zusammengefaltet war, sollte er eigentlich genauso verfahren. Aber er konnte beim besten Willen keinen weiteren Bissen mehr davon nehmen, nicht wissend, ob er danach einen Knoten, Stein oder stechenden Schmerz in seinem flauen Magen fühlen würde, und er wollte es auch nicht länger in seiner Hand halten. Das dünne Papier, in dem ihm das Sandwich gereicht worden war, war mittlerweile schon durchtränkt von Öl. Das Frühstückssandwitchomelettmitschweinefleischöl war nun auf Wangs rechter Hand und wenn er nicht sofort etwas dagegen unternahm, würde es in Kürze auf der Hose sein, in der er heute noch vor den Parteisekretär zu treten gedachte, oder, besser gesagt, in der er dem Parteisekretär gegenübertreten musste und daher auch würde. Wang öffnete das Fenster ein zweites Mal und warf das Brot hinaus. Nie im Leben hätte er sich träumen lassen, dass er Nahrung so vernichten oder so unkultiviert werden würde, aber nun war auch er wie die Massen. Und dazu unglücklich. In Wang war eine Unruhe, die er nicht beschreiben und deren Ursprung er vor allem nicht zuordnen konnte. Es war nicht die übliche Angst, es war auch nicht das schale Gefühl nach einem schlechten Traum, an den er sich nicht erinnern konnte, das einen aber dennoch den ganzen Tag lang begleitet, es war auch nicht die tiefe Verzweiflung und Ausweglosigkeit, die er so oft erlebte und die immer mit einem besonders undurchdringlichen Augenschleier einherging; das, was Wang nun empfand, kannte er noch nicht. Denn nie zuvor war er zugleich so erschöpft und so aufgekratzt gewesen. Er sehnte sich nach Ruhe. Wang wollte sich auflösen und einfach verschwinden. Er wollte nichts hören und nichts sehen und auch nichts empfinden und fühlte doch, dass es etwas zu empfinden galt. Sollte er nicht Stolz empfinden? Zweimal war er zuletzt befördert worden, obwohl er es gar nicht gewollt hatte und sich danach noch nutzloser gefühlt hatte als zuvor. Heute würde er dem größten Politiker des Landes gegenüberstehen, und egal, was dort geschah oder Wang dort tat: Er würde wieder versagen. Nichts konnte sein Versagen verhindern, das hatte er in diesen Tagen gelernt. Was immer er auch anstellte, was immer er sich nun zurechtlegen wollte: Er würde am Ende wieder versagen. Er schloss die Augen und sah zumindest gerade nichts. Aber das verstärkte seine Gedanken nur. Plötzlich empfand er das Radio in diesem Taxi als unerträgliche Qual. Plötzlich tat ihm die glückliche Stimme, die sorglos erzählte, dass die Luftbelastung der Stadt heute im völlig normalen Bereich war, richtiggehend weh. Nicht nur, dass ihm diese Stimme wehtat, nicht nur, dass sein Trommelfell jetzt jede Sekunde zu platzen drohte und er sicher dieses Taxi kleinschlagen würde, wenn er das nur könnte, ihm wurde auch bewusst, dass dieser Himmel nicht normal sein konnte. Es konnte nicht normal sein, dass er einen metallischen Geschmack auf seinen Lippen schmecken konnte. So sahen saubere Himmel anderswo sicher nicht aus. Und anderswo roch saubere Luft sicher auch nicht so. Als wäre das völlig egal oder als machte es ohnehin keinen Unterschied mehr, griff der Taxifahrer nach einer Zigarette. Da Wang beim Taxifahrer ohnehin keine Höflichkeitspunkte mehr gutmachen konnte und es ihm auch wirklich egal war, herrschte er ihn an: »Es ist verboten, in Taxis zu rauchen.« »Es ist auch verboten, Müll aus dem Fenster zu werfen, also schnauz mich nicht an. Im Übrigen ist die Luft heute wieder so bestialisch und wahrscheinlich wirklich nur im Westen, wo die freundliche Radiotante sitzt, so gut, dass man sich darüber in Lobeshymnen ergehen kann. Also: Erstens stirbst du sowieso an Verpestung und zweitens ist das mein Auto. Und wenn es dir nicht passt, kannst du von mir aus zu Fuß zu deinem Hauptbahnhof gehen. Oder laufen. Das ist sicher auch gut für deine Lungen, du Weichei.« Der Taxifahrer nahm genüsslich einen Zug von seiner Zigarette, blies den Rauch geradewegs in den Fahrzeuginnenraum, und als wollte er danach seine Verachtung noch unterstreichen, spuckte er auch noch einen dicken Schleimpfropfen beim Fenster hinaus. »Das ist übrigens auch verboten«, setzte er mit einem fiesen Grinsen nach und fuhr seelenruhig weiter. Wang beschloss, dass es besser war, den Mann zu ignorieren, und blickte auf die erwachende Straße vor sich. Es war 6.45 Uhr und schon bildete sich der erste Stau. Schon kamen die ersten Busse nicht von ihren Haltestellen weg, aber zumindest waren diese Busse noch nicht so überfüllt, wie sie es eine Stunde später sein würden. Aus dem Bus vor ihnen winkte die Fahrkartenverkäuferin wie wild mit einer Fahne heraus, um die Autos um Vorrang für den Bus zu bitten. Aber der Taxifahrer ignorierte auch das. Wang erkannte, dass es keinen Sinn hatte, den Fahrer nun darauf aufmerksam zu machen, dass auch das verboten sei. Und er konnte es ihm im Grunde auch nicht verübeln. Der Mann war schlecht gelaunt. Und er war einer von den Massen an Menschen, die sich durch die kleine Übertretung von Regeln tagtäglich einreden konnten, dass sie doch frei waren. Frei nämlich, das Gesetz zu brechen. Und wenn man das Gesetz brechen konnte, dann konnte das Gesetz nicht allmächtig sein. Wang hatte schon oft darüber nachgedacht, warum in seinem Land bei Kreuzungen keine Disziplin herrschte, oder warum sich kaum jemand an ein Rauchverbot hielt oder warum niemand in der Schlange stand. In anderen Ländern, so hatte er gehört und gelesen, sei das alles nämlich üblich, vor allem in Demokratien. Nach reiflicher Überlegung hatte er dafür nur eine Erklärung: Die Regierung seines Landes gewährte den Massen kleine Ventile, um sie bei wirklich wichtigen Dingen unter Kontrolle zu halten und um ihnen vorzugaukeln, dass es doch Freiheit gäbe. Denn, so wusste Wang, wollte man wirklich kontrollieren, dass Straßen nur bei Grün gequert wurden, oder ein Rauchverbot eingehalten würde oder die Menschen in Schlangen und Reih und Glied anstanden, konnte man das in seinem Land viel leichter tun als in den meisten anderen. »Potemkin'sche Freiheit«, sagte Wang halblaut zu sich selbst und fühlte plötzlich etwas wie Genugtuung, weil ihm ein zumindest halb zutreffendes Wort für das, was er gerade gedacht hatte, eingefallen war. Entspannt lehnte er sich zurück, um diesen kleinen Triumph über die Unzulänglichkeit seines Denkens auszukosten, als ihn der unfreundliche Fahrer aus seinem armseligen kleinen Glück riss: »Du musst hier aussteigen, ich fahre jetzt sicher nicht die ganze Runde«, sagte der Taxifahrer mitten in Wangs Potemkin'sche Erkenntnis hinein und hielt bei einer Fußgängerbrücke gegenüber dem Bahnhof. Vor dem Hauptbahnhof lag eine der zahllosen mehrspurigen Straßen der Stadt. Und da man diese Straßen nicht überqueren konnte, gab es alle paar hundert Meter Fußgängerbrücken, über die man sich erst hinauf- und auf der anderen Seite dann wieder hinabquälen musste. Der Taxifahrer hatte im Morgenstau keine Lust, jetzt noch eine große Runde um den nächsten Block zu drehen, um seinen Passagier direkt vor dem Hauptbahnhof aussteigen zu lassen. »Ja, das ist gut so«, sagte Wang, dem die Logik des Fahrers einleuchtete. Er gab ihm das Geld abgezählt und wartete die endlosen Sekunden ab, die es dauerte, bis das Taxameter den Beleg ausgedruckt hatte. Wang ging grußlos, wie das die meisten Passagiere hier machten. Einem Taxifahrer ein »Wiedersehen« zu wünschen, war angesichts der Masse an Taxis und der hohen Fluktuation an Fahrern ohnehin unsinnig. Außerdem hofften beide, einander nie mehr wiedersehen zu müssen. Und zudem saß der nächste Passagier, der das Taxi schon besetzt hatte, noch bevor Wang seinen Hintersitz verlassen konnte, bereits im Wagen auf dem Beifahrersitz und war ebenfalls grußlos eingestiegen, stattdessen aber, noch während Wang auf seinen Beleg wartete, damit beschäftigt, dem Fahrer zu erklären, wohin er wollte. Wang schulterte seine Tasche und nahm die Treppe in Angriff. Er schlängelte sich vorbei an schnell trippelnden Frauen, die zu spät dran schienen, an Männern in dunklen Anzügen, vor allem aber an Reisenden aus der Provinz, die gewaltige Taschen mit zumeist kariertem, rot-blauem Muster auf weißem Grund mit sich schleppten. Die einen versuchten es, indem sie die gewaltigen Ranzen auf den Rücken nahmen und darunter fast verschwanden, andere hoben sie Stufe für Stufe hoch und mussten dazwischen immer wieder pausieren und tief Luft holen, und die glücklichsten unter den Provinzreisenden waren zu zweit mit nur einem karierten Riesensack, aber solche gab es nur wenige, und wenn es sie gab, konnte man sicher sein, dass sie in der noch freien Hand noch ein weiteres und nur unmerklich kleineres Gepäckstück zu schleppen hatten. Man wusste nicht, ob diese Wanderarbeiter gerade kamen oder gingen. Alle sahen abgekämpft aus. Manche wohnten mitsamt ihren Riesenranzen auch auf dem Bahnhof, solange die Polizei sie gewähren ließ. Bei den häufigen Razzien wurden sie alle vertrieben und mussten die Nacht im Freien verbringen. Womöglich, so dachte Wang, war so mancher von ihnen jetzt auf dem Weg zurück zur Notunterkunft. Tagsüber würden sie nicht auffallen. Tagsüber campierten Massen an Menschen mit solchen Ranzen, Kartons und Koffern auf dem Bahnhof. Er drängte sich an ihnen vorbei durch die erste Sicherheitsschleuse in diesen Bahnhof, vorbei an uniformierten jungen Frauen mit strengem Blick und einer Autorität, die sie nur durch ihre blauen Uniformen erhalten hatten. Fast wäre Wang noch weiter gegangen, zur anderen Schleuse, jener, durch die man die internationalen Züge erreichen konnte. Er wünschte, er könnte nun einen Zug in die Mongolei und nach Sibirien nehmen und nach tagelanger Fahrt in einem neuen Land aussteigen und ein neuer Mensch sein. Wang wollte sich Iwan nennen, vielleicht würde es schon ausreichen, einen Inlandszug bis Heihe zu nehmen und dort über den Fluss zu fahren und sich in einer trostlosen Stadt wie Blagovestschensk niederzulassen. Er würde als Iwan sibirisches Holz nach China verkaufen, dachte Wang, vielleicht würde er auch mit einem alten japanischen Auto ein illegales Taxiunternehmen aufmachen und Russen, die in China billig gepantschten Wodka kaufen wollten, zur Anlegestelle der Fähre bringen und am Abend wieder abholen. Iwan Wang dachte noch darüber nach, ob er dort auch eine Iwanka mit langem, blonden Haar finden würde, vielleicht sogar eine, die nach unschuldiger russischer Seife roch, falls diese Russen so etwas überhaupt haben würden, als er automatisch die richtige

Schleuse nahm, vorbei an einer halbautoritären Nicht-Iwanka mit einem glatten, schwarzen Zopf unter der blauen Uniformmütze, durch einen großen Wartesaal und hin bis zum richtigen Gitter, an dem die Menschen vor dem Bahnsteig anstanden wie Vieh vor einer Verladestelle. Und als sich das Gatter öffnete, schienen sie ihm tatsächlich wie eine Rinderherde, die zwar nicht wusste, wohin sie drängt, aber drängen musste, weil das in ihrer Natur lag. Wang ertappte sich dabei, wie auch er drängte, das, so dachte er, meint man wohl, wenn von »Massen« die Rede ist, und ich, Kader Wang, bin jetzt Teil der Masse. Wang fühlte sich unendlich aufgehoben in der Masse, er musste nichts denken, außer daran zu denken, dass er zu drängen hatte, und genaugenommen erforderte das keine Anstrengung seines Gehirns, es geschah einfach. Ein älterer Eisenbahnbediensteter mit mehr Autorität als die jungen Damen blickte fachmännisch auf Wangs Fahrkarte und wies ihn zum richtigen Platz auf dem Bahnsteig. Die Reihen lichteten sich. Die Massen standen dort, wo man sie hindirigiert hatte, ganz so, als seien sie das geübteste Volk, wenn es darum geht, auf Kommando in Bewegung und auf Kommando wieder in den Stillstand versetzt zu werden. »Kein Volk der Erde kann geduldiger warten als das meine«, dachte Wang, der wie alle seine Landsleute nur aus einem Anlass in Ungeduld verfiel, dann nämlich, wenn man im Lokal auf sein Essen zu lange warten musste. Nur wenn es ums Essen ging, wurde man hier wirklich ungeduldig. Kein Ausländer würde das jemals verstehen, niemand, der nicht hier geboren war, würde jemals die Bedeutung des

Essens verstehen und erfassen und die Ruhe, mit der man auf alles andere, was nicht Essen war, zu warten imstande war. Geduld war die wahre Stärke dieser Kultur. Wang war eines ihrer Kinder. Also wartete er.

Wie im Fahrplan der staatlichen Eisenbahn vorgesehen, stand der Zug nach Taiyuan pünktlich um 7.25 Uhr bereit. Als er einfuhr, salutierten die jüngeren und älteren Bediensteten, indem sie ihre kleineren und größeren Hände an die blauen Uniformmützen hielten. Und dann öffneten sie die Türen. Wang nahm den Platz ein, der auf seiner Fahrkarte aufgedruckt stand, und schaffte es tatsächlich, fünf Minuten lang aus dem Fenster zu sehen, ohne an irgendetwas zu denken. Als der Zug den Bahnhof verließ, rollte er langsam. Und er sollte sein Tempo nicht steigern, solange er durch die endlosen Stadtteile und Vorstädte, die sich nahtlos aneinanderreihten, fuhr. Schon war die Stadt völlig wach in ihrem Licht und Lärm vor einem immer noch lichtlosen Himmel. Wang ging versinkend auf in der Monotonie der Hochhaussiedlungen, die er passierte, sie waren eine betongewordene Invasion aus einer Welt, die er nicht verstand, obwohl er in sie hineingeboren worden war und mitangesehen hatte, wie sie gewachsen war. Diese Welt war wie ein Zementgeschwür, das sich in alle Richtungen ausbreiten wollte und alles verschlang. Und dennoch war das seine Welt, die Welt, in der er zu Hause und geborgen war. Wang schlief ein, plötzlich, im Sitzen, als wäre nichts leichter, als so einzuschlafen. Als er wieder zu sich kam, schlängelte sich der Zug durch alte Dörfer mit traditionellen Bauten, die die Bauern wohl bald aufgeben würden, um in Betonbauten mit nacktem Zementboden, aber Fließwasser und Toilette, leben zu können. Ihre Felder würden schrumpfen, aber ihr Lebensstandard würde steigen. Denn die Männer würden in die Stadt ziehen, um dort weitere Betonbauten hochzuziehen, und mit dem dabei verdienten Geld einen Kühlschrank kaufen. Die Frauen würden inzwischen auf dem verbliebenen Land genug anbauen, um davon leben zu können, und vielleicht etwas mehr, um auch etwas verdienen zu können. Und wenn auch sie das nicht mehr wollten oder konnten, würden sie Ayis in der Stadt werden und die Höfe, die bald so oder so keine Bewohner mehr haben würden und die verbleibenden Bauern ohnehin kein Land mehr, würden leer stehen und zerfallen und schließlich von Antiquitätenhändlern geplündert werden, die die beiden alten Hauslöwen in eine Metropole bringen würden, wo sie irgendein dummer Ausländer kaufen würde und in sein Land mitnehmen, damit er anderen, noch ungebildeteren Ausländern erzählen könnte, dass er ein Stück der mehrtausendjährigen Geschichte des Reiches der Mitte vor dem Verfall gerettet habe. Tatsächlich würden sich diese Ausländer, die diese Löwen und Steine und Tontöpfe mitnehmen, einbilden, sie seien ach so weitgereist und gebildet, und damit würden sie sich auch einbilden, dass sie irgendetwas verstanden hätten von Wangs Land. In Wahrheit aber hatten sie nichts verstanden, wusste Wang. Der gebildete, belesene und fleißige Wang war von diesen Ausländern enttäuscht. So lange hatte er geglaubt, dass sie einem Schreiber wie ihm ein Vorbild sein müssten. Nun aber verwirrten sie ihn. Wenn diese Ausländer ach so klug waren, warum hatten sie dann bei der Pressekonferenz des Vorsitzenden des Staatsrates nichts verstanden? Nichts hatten sie verstanden, gar nichts! Sie hatten nicht geschnallt, dass der verbal-diplomatische Angriff auf die USA ein Plan gewesen war, und dass auch Wang vorher nichts davon gewusst hatte. Er hatte einmal ein echter Journalist sein wollen, einer von denen, von denen man so liest, wie dieser Beruf gemacht werden soll, einer von denen, die aufdecken, entdecken, erklären, abbilden und dafür den Pulitzer-Preis bekommen oder wie der heißt, so einer hatte Wang sein wollen, dabei war er wieder einmal zum Handlanger geworden und als Handlanger zum Helden dieser Westler. Diese Westler hatten wirklich nichts verstanden. Sie waren um nichts besser als die jungen Kolleginnen in den Kostümchen, vielleicht waren sie sogar noch schlechter, denn die Mädchen in den Kostümchen hatten nie den Anspruch erhoben oder gehabt, irgendetwas zu ergründen, sie wussten genau, dass ihr Beruf darin bestand, abzubilden, was ihnen ihre Chefs zuvor gesagt hatten. Diese Westler waren wirklich noch dümmer als dumm. Einige von ihnen hatten ihn tags darauf tatsächlich gesucht. Aber Wang ließ sich verleugnen. All diese Westler würden schon noch erkennen, dass er im Grunde ein Propagandaarbeiter war, wenn sie feststellten, dass er immer noch seine Artikel für das *Volksblatt* schrieb. Dann würden sie begreifen, dass sie einer perfiden Propagandamasche aufgesessen waren. Und dann würde Wang in ihren Augen vom Helden zum miesesten Spindoctor, oder wie das bei denen heißt, mutieren, den sie je gesehen hatten. Wenn diese angeblich ach so tollen und ach so freien westlichen Journalisten keine Ahnung hatten, wie sollte er sie dann haben? Wenn diese ach so grandiosen Westler, denen kein Raubtieraugenchef die ersten 20 Artikel diktiert hat, nicht schnallen, wie man diesen Job richtig macht, wie sollte er es? Oder waren sie vielleicht gar nicht so großartig, wie sie immer taten? Und waren sie vielleicht doch nicht alle potenzielle Pulitzer-Preisträger? Konnte das sein? Wang spürte etwas wie Kampfgeist in sich aufkeimen. Nun müsste er erst recht eine richtige Frage stellen, denn erstens änderte die Unfähigkeit der Westler nichts daran, dass er verrückt würde, wenn er es nicht täte, zweitens hatte er gerade wieder Zhangs Geruch in der Nase, drittens konnte er immer noch zum Helden seines eigenen Landes werden, wenn er Mut bewies, und viertens musste er jetzt auch noch dieser selbstgefälligen Kaste an Möchtegernen aus dem Westen zeigen, dass es Chinesen besser können als sie! Wang hatte nun vier Gründe dafür, endlich eine richtige Frage zu stellen. Und er hatte eine Gelegenheit, sie dem höchsten politischen Vertreter seines Landes zu stellen. Das war mehr, als ein gewöhnlicher Sterblicher erwarten konnte. Wang wusste, dass er es seinen Ahnen schuldig war, dieses Karma auf sich zu nehmen. Aber was nur sollte er ihn fragen? Zum ersten Mal fühlte Wang, dass das Was wichtiger geworden war als das Wie. Und über die Worte, die dieses Was in ein Etwas fassen würden, konnte er dabei noch gar nicht nachdenken. Um 8.55 Uhr hatte er keinen Zweifel mehr daran, dass er heute eine richtige Frage stellen würde. Er wusste nur noch nicht, welche. Und er wusste, er brauchte jetzt dringend eine Tasse Tee, um darüber nachzudenken. Wang verließ den ihm auf der Fahrkarte zugewiesenen Platz und ging in den Speisewagen.

Alles war lindgrün. Der Resopaltisch ebenso wie die Wandvertäfelung. Nur die Spitzenvorhänge waren weiß. Sie wiegten sich sanft im Rhythmus des Zuges. Auf dem lindgrünen, weiß gesprenkelten Tisch vor ihm stand eine Schale mit Erdnüssen. An den Nebentischen saßen Männer, die ihr erstes Bier tranken. Sie waren in der Provinz zugestiegen. Das konnte nur bedeuten, dass Wang in der Provinz angekommen war. Hier waren die Häuser gelb wie der Himmel. Und hier roch die Luft noch schlechter als in der Hauptstadt. Immer wieder passierte dieser Zug Kohlebergwerke, und auf den Straßen entlang der Bahntrasse bildeten die Lastkraftwagen, die diese Kohle transportierten, eine Schlange, deren Anfang und Ende nicht abzusehen waren. Auf dem Eis des Winters rutschte so mancher aus, Wang konnte nicht mehr zählen, wie viele Lastwagen er schon im Graben gesehen hatte, sie blieben dort oft tagelang liegen und machten den Dauerstau nur noch ärger. Was sollte sich der nun wichtigste Innenpolitik-Redakteur des angesehenen *Volksblattes* dazu wohl denken? Und was sollte er dazu den obersten Politiker des Landes fragen, der heute, an einem Tag im eisigen Winter, in diese Provinz kam, um eine neue Förderanlage zu eröffnen und die Wirtschaftspolitik des Landes zu preisen? Wenige Kilometer von der Eröffnung der neuen Förderanlage entfernt waren gestern 20 Arbeiter in einem anderen

Bergwerk verschüttet worden. Da das ständig vorkam, war es auch im *Volksblatt* von heute nur eine Randnotiz gewesen, vielleicht aber auch nicht nur deshalb. »Wäre ich ein westlicher Journalist«, so dachte Wang, »wäre ich jetzt so platt, dem Parteisekretär die Frage nach diesen Verschütteten zu stellen. Die glauben nämlich, es ist professionell und kritisch genug, wenn man einem chinesischen Politiker einfach so und in jedem Fall die Veranstaltung kaputtmacht. Als wäre das schon journalistisch genug. Als wäre das Journalismus an und für sich! Ich will jetzt gar nicht darüber nachdenken, dass ich für diese Form von Journalismus unbedingt ein Wort brauche, denn es muss eines gefunden werden, nur dafür habe ich jetzt keine Zeit. Selbst wenn ich gerade einen Anflug von etwas wie Wut fühle, dass ich für diesen Selbstzweck-Journalismus noch kein Wort habe, weg mit dem Gedanken! Wenn ich beweisen will, dass ich besser bin als die, darf ich nicht so vorhersehbar agieren wie sie, ich muss es wirklich auf den Punkt bringen. Ich werde nicht nach 20 Verschütteten fragen, denn unser Land hat größere Probleme als die, und für den größten Moment meines Lebens nehme ich mir Größeres vor. Ich werde mir, Zhang, meinem Land und denen zeigen, dass ich ein echter Journalist bin! Einer von denen, die es so machen, wie es gemacht werden muss. Einer der wenigen, die es so machen, wie es gemacht werden soll. Genau das werde ich tun!« Wang aß eine Erdnuss. Dann aß er noch eine. Dann nahm er einen Schluck vom viel zu schwachen Tee. Danach aß er noch eine Erdnuss. Und dann hielt der Zug in Taiyuan.

Die Abordnung des Parteisekretariats von Shanxi erwartete Genossen Wang genau vor dem Waggon, in dem sich sein Sitzplatz befand. Der stellvertretende Propagandachef begrüßte ihn freundlich, aber doch hastig, denn man hatte es eilig, seine junge Kollegin bot Wang sofort an, ihm den Rucksack abzunehmen, und Genosse Zhong von der Lokalausgabe des *Volksblattes* war höchst erfreut und geehrt, einen so profilierten Kollegen wie den Genossen Wang auf dem tristen Bahnsteig 3 des Bahnhofs von Taiyuan in Empfang nehmen zu dürfen. »Genosse, ich bin geehrt, Sie bei der Arbeit begleiten zu dürfen«, sagte der junge Zhong mit einer perfekten Verneigung, die nur ein 25-Jähriger in dieser Kombination aus Geschmeidigkeit, Zackigkeit und Geschwindigkeit zustande bringen konnte. Genosse Wang fasste sich an sein Kreuzbein und fühlte sich augenblicklich unendlich alt. »Danke, Genosse, ich bin davon überzeugt, dass Sie der Stolz unseres *Volksblattes* in Taiyuan sind.« Der ungeduldige stellvertretende Propagandachef winkte noch einmal nervös in Richtung Ausgang, seine junge Kollegin in ihrem blauen, hüftlangen Steppmantel mit aufgesetzter Kapuze und darauf appliziertem Kunstpelz wiederholte seine Bewegung weniger nervös und mit einem Lächeln auf den Lippen und die Delegation setzte sich in Marsch. Der Fahrer, der mit laufendem Motor auf dem Parkplatz vor dem Bahnhof gewartet hatte, warf schnell die Zigarette weg, öffnete mit einer nur angedeuteten Verbeugung den Kofferraum, sah insgesamt eher verkatert aus und fuhr an, als würde er von tausend Pferden geritten. Um den Parteisekretär zu erwarten, musste man nämlich mindestens eine Stunde vor ihm an Ort und Stelle sein und zurzeit war man fünf Minuten in Verzug, was der Propagandachef seinem Stellvertreter an einem Tag wie diesem sicher nicht verzeihen könnte oder würde.

Der kleine Konvoi fuhr über eisglatte Straßen, aber dem verkaterten Fahrer schien das ziemlich egal zu sein. Obwohl er so stark aufs Gas stieg und mit laufendem Motor gewartet hatte, wurde es in seinem Wagen nicht richtig warm, denn er wollte die Heizung nicht stärker als nötig aufdrehen. Hätte er das getan, wäre er ein Fahrer gewesen, wie man sie in China nicht findet. Die kleine Abordnung saß in ihren Mänteln im Auto und der Hoffnungsträger der Lokalausgabe des *Volksblattes* hatte nicht einmal seine Handschuhe ausgezogen, während der stellvertretende Propagandachef seine Lederhandschuhe in der rechten Hand hielt und unaufhörlich, als wollte er sich massieren, damit auf die linke Handfläche schlug. Wang war müde und fror. Einige Male drohte er wieder einzunicken, wären da nicht die abrupten Bremsmanöver des Fahrers gewesen und die Kurven, die er nahm, in denen die in der Mitte des Rücksitzes sitzende Genossin im blauen Steppmantel immer wieder gegen ihn fiel. Wang empfand diese unvermittelten Annäherungen zuerst als unangenehm, gewann ihnen aber nach etwa der vierten Kurve so etwas wie heimliche Intimität ab. Schon lange war ihm keine Frau mehr so nahe gekommen wie die Genossin im hüftlangen Steppmantel, der, da sie nun saß, nach oben gerutscht war. Wang war versucht, am Kunstpelzbesatz auf der Kapuze zu schnuppern, um herauszufinden, ob die Genossin vielleicht rieche wie eine, die ihm immer wieder, einem vorbeihuschenden Punkt in der Landschaft gleich, durch den Kopf ging. Also roch Wang an der Genossin, als sie ihm wieder näher kam. Aber der Kunstpelzbesatz roch nach Kohle und dem Dunst von Gaststuben, die so klein waren, dass sich in ihnen die Küchendämpfe und der Rauch der unparfümierten Zigaretten zu einem untrennbar einzigartigen Geruch vermischten, den man nie wieder aus seiner Nase und von seinen Kunstfellbesätzen und -krägen bekam. Als sich Wang dieses Geruchs bewusst wurde, begann er die nächsten Kurven zugleich zu fürchten und herbeizusehnen. Denn er wollte nicht, dass die seltenen Begegnungen, die er mit einem weiblichen Körper, und sei es nur durch ein steppdeckenartiges Gewand, hatte, vom Gestank der chinesischen Industriezonen im Winter zerstört wurde. Die Nähe dieses Körpers hatte den Duft von Jasmin verdient, tatsächlich aber roch sie nach viel Außendienst und vielen Dienstessen im immer selben Dienstmantel. Wann immer die Genossin in einer Linkskurve so gut wie in seine Arme fiel, und sie tat das immer mit einer geflüsterten Entschuldigung auf den Lippen, konnte Wang durch ihren und seinen Mantel hindurch ihren Oberschenkel fühlen, und in einer besonders scharfen Kurve wurde er sogar ihres Hüftknochens gewahr, der ebenso hart wie elastisch gegen ihn schwang und sich dann wieder von ihm abstieß. Es dauerte weitere drei Kurven, bis sich Wang von dieser heftigsten Begegnung mit einem weiblichen Unterkörper seit Langem wieder erholt hatte, drei Kurven, in denen er seine

Mission vergessen hatte und sich dabei ertappte, sich auszumalen, wie groß der unter dem Mantel liegende Busen der Genossin wohl in Wirklichkeit war. Aber sein verstohlener Blick auf ihre verhüllte Brust, die durch die Oberkleidung nicht einmal in Umrissen auszumachen war, dauerte weniger als einen Augenblick. Dann fiel ihm seine Mission wieder ein, und mit ihr Zhang, der zuliebe er sie erfüllen musste.

»Wir sind angekommen, schnell, raus hier«, rief der stellvertretende Propagandachef, und augenblicklich sprang Jungjournalist Zhong aus dem Wagen, um es vor den höherrangigen Insassen zu tun. Wang folgte träge durch seine eigene Tür und hielt danach in einer geradezu vertraulichen Geste der Genossin seinen Arm hin, diese aber schlüpfte, ohne überhaupt in seine Richtung zu sehen, bei der anderen Tür hinaus und strich sich, im Freien angekommen, augenblicklich den Mantel glatt, steckte die Hände in die Taschen und trippelte, als wäre sie ungeduldig, in ihren dünnen Kunstlederstiefelchen mit halbhohem Absatz von einem Bein aufs andere, denn tatsächlich war es unerträglich kalt, und wenn sie hier noch fünf Minuten stehen musste, würde sie ihre Zehen vor Schmerz nicht mehr bewegen können. Aber so lange würde ihr der stellvertretende Propagandachef ohnehin nicht mehr geben. Wieder gestikulierte er wild, während er seine Kommandos brüllte, zu einem Tor weisend, aus dem gleichzeitig, nicht minder aufgeregt, drei andere Herren mit schwarzen Mänteln und perfekt schwarz gefärbtem Haar auf den Wagen zuliefen, in ihrem Gefolge ein paar ebenfalls gestikulierende, trippelnde junge Assistentinnen, die sich freundlich verbeugten und ihre Hände zur Begrüßung darboten, so die Arme nicht gerade damit beschäftigt waren, das Gestikulieren der Chefs nachzuahmen. Auch die junge Genossin im blauen Steppmantel fühlte sich plötzlich bemüßigt, ihrem Chef gleich, Wang und den Jungjournalisten hinter das große Tor zu lotsen, vorbei an mehreren gewaltigen Kohlebergen, über denen zur Feier des Tages ein rotes Transparent hing: »Die Arbeiter der Kohlegrube 1 begrüßen aus Anlass der Eröffnung der Förderanlage 8 den Parteisekretär der Volksrepublik.« Hinter dem gewaltigen Tor, durch das die Delegation mittlerweile gelangt war, prangten weitere Transparente: »Saubere Kohle, sauberes Land«, stand auf einem, »Alles für die harmonische Entwicklung der Energiepolitik«, stand auf dem nächsten, »Sicherheit zuerst«, stand auf einem anderen, schon etwas älteren, das daher schon eher verstaubt und leicht schief im Durchzug wogte, darauf zu sehen war ein Arbeiterkopf im Helm, aber den darunter und unmittelbar neben einem »Rauchen verboten«-Schild stehenden Arbeiter hinderte das nicht daran, ohne Helm eine Zigarette zu rauchen und sich das zweifelsohne größte Ereignis, das diese Kohlegrube jemals erlebt hatte, staunend anzusehen. Die jungen Assistentinnen staksten in ihrem dünnen Schuhwerk eher ungeschickt über den mit Kohlebröseln übersäten Boden an ihm vorbei, immer viel zu viele Schritte hinter den Männern, deren polierte Schuhe nun völlig verdreckt waren, was einen der Männer, der offenbar in dieser Fabrik das Sagen haben musste, dazu bewog, den rauchenden Arbeiter im Befehlston aufzufordern, hier sofort aufzukehren. So konnte man den Parteisekretär nicht empfangen. Und einen Helm solle sich der Arbeiter gefälligst auch aufsetzen, denn so dürfe ihn der Parteisekretär nicht sehen. Gefühlte Kilometer weiter, denn der Genossin im blauen Steppmantel drohten nun doch die Zehen abzufrieren, stand man endlich vor dem Prunkstück der Kohlegrube Nummer 1, der Förderanlage Nummer 8 nämlich. Da es sich hierbei um eine Glückszahl handelte, hatte man acht Mädchen aus dem nahegelegenen Dorf in schöne rote Kleidchen gesteckt und zwischen dem Blumenschmuck platziert, wobei zwei Mädchen eine besondere Ehre zuteil wurde: Sie standen rechts und links der improvisierten Stufen, die zur wundervollen Förderanlage hinaufführten, und sie würden dem Parteisekretär mit eleganter Verbeugung und gleichzeitig in Richtung Förderanlage ausgestrecktem Arm den Weg über diese Stufen weisen, auf dass er sich in den Weiten der Kohlegrube 1 nicht verlief und auf dass er zum richtigen Zeitpunkt am richtigen Platz stand, damit ihn die schon aufgestellten Fotografen und Kameraleute auch gut ins Bild bekamen. Noch durften die Mädchen ihre Mäntel tragen, aber bald würden sie diese ausziehen müssen. Grimmige Geheimpolizisten, die so geheim gar nicht aussahen, würden nicht nur das Kommando für das Ablegen der Mäntel geben, sie waren jetzt auch damit beschäftigt, jeden Neuankömmling zu durchsuchen und ihm danach seinen Platz zuzuweisen.

Wieder wurde Genosse Wang in eine Ecke geschubst. Ein letztes Mal stolperte die Genossin mit dem blauen

Steppmantel gegen ihn, diesmal streiften sie einander Arm an Arm, und Wang empfand das nunmehr als völlig normalen Teil der Intimität, die er mit dieser Fremden erfahren hatte. Er wünschte, sie möge neben ihm stehenbleiben, wenn auch ihr Blick nach vorne gerichtet sein würde, zur Förderanlage und dem großen Vorsitzenden, der sie eröffnen würde. Wang fand, dass die Genossin nun an seine Seite gehörte, aber sie entschlüpfte ihm wieder und bezog dort Stellung, wo sie hingehörte, neben dem stellvertretenden Propagandachef, der sich in einem Grüppchen mit der lokalen Parteiführung und der Propaganda-Abordnung des Präsidentenbüros wiedergefunden hatte. Die Genossin stand nahe genug, um dazuzugehören, und doch die eineinhalb Schritte schräg hinter ihrem Chef, die notwendig waren, um seiner Autorität Respekt zu zollen. Wang blieb allein, bis sich sein junger Kollege, der ihn mit aufgeregtem Blick schon überall gesucht hatte, zwischen Fotografen zu ihm durchgekämpft hatte. »Ich glaube nicht, dass ich so etwas erleben darf«, strahlte der junge Zhong, »im Zentrum unserer wirtschaftlichen Macht, wartend auf den weisesten Führer des Landes und neben dem größten beruflichen Vorbild, das ich je sehen werde. Genosse Wang, Sie sind eine Inspiration für mich. Ich wünschte, ich könnte von Ihnen lernen.« Wang lächelte müde zurück und hob, während er darüber nachdachte, was er dem jungen Kollegen wohl antworten sollte, seinen Blick ins ferne Leere, vor dem plötzlich alles ablief, was er in den letzten Wochen erlebt hatte, all die Triumphe, die eigentlich Niederlagen gewesen waren, und die bittere Erkenntnis, dass er sich selbst nicht gewachsen war. »Machen Sie weiter so, Kollege Zhong, nichts ist wichtiger, als seine Aufgaben mit Disziplin und Feuereifer zu erfüllen. Wenn Sie an sich arbeiten, wird Ihnen eine blühende Zukunft beschieden sein«, sprach es plötzlich aus Wangs Mund, und jetzt wieder, ohne dass Wang das Gefühl hatte, diese Worte wären zuvor in seinem Kopf geformt worden, der ganz dort gewesen war, am Punkt in der Weite, vor dem aber das allzu Nahe seines Lebens abgelaufen war. Zwischen der Sehnsucht nach dieser Weite und dem Schmerz der greifbaren Nähe hatten sich seine Lippen, Zähne und Zunge wieder einmal verselbständigt, war aus einem Winkel seines Ich, auf das er keinen Zugriff zu haben schien, ein Lob für diesen Unbekannten gekommen. Und plötzlich glaubte Wang zu erkennen, woran das lag: Ihm war, als würde seinem wahren Ich, das er in Augenblicken wie diesen zu beruhigen versuchte, die Sprache für Menschen wie Zhong und all die anderen Herren Funktionäre fehlen und als würde sich dann ein von genau solchen Funktionären geformtes Ich zu Wort melden, das Kommando übernehmen und gleichzeitig für den Schutz des echten Wang vor Bloßstellung sorgen. Nun wurde Wang auch klar, dass sein wahres Ich erst dann eine echte Frage stellen konnte, wenn es sich von diesem vorgeschobenen Ich verabschiedete. Wo nur war jetzt der Wang, der bei ihm im Bauch gesessen war? Irgendein Wang musste Wang klar machen, dass er keine Angst mehr haben musste. Aber Wang hatte Angst, ständig Angst, sie war undefinierbar und allgegenwärtig, sie war so allmächtig, dass sie ihn mitzureißen drohte in einen Abgrund, in den er sich manchmal sogar fallenlassen wollte, die Arme weit von sich weggestreckt, den Kampf aufgegeben, kapitulierend vor dieser Welt, die ihn in ständiges Versagen zwang, ganz gleichgültig, was immer er tat. Wang hatte Angst. Und zugleich nahm er sie an und hörte auf, Angst vor seiner Angst zu haben. Denn das war die größte aller Ängste, die Angst vor der Angst an sich. Diese Angst würde ihn jetzt sofort wieder in eine Situation, die Detailschweigen erforderte, befördern. Und er wusste auch schon, wie: Dort, am hinteren Rand der noch neuen und blank polierten Förderanlage Nummer 8, hing ein altes Blechschild, auf das man wohl vergessen hatte. Wang konnte auf die Entfernung nicht entziffern, was darauf stand, aber er war besessen davon, es zu können. Gerade war er dabei, ganz in den leicht rostigen Übergang zwischen dem roten Hintergrund und dem ersten gelben Schriftzeichen dieses Schildes zu versinken und den echten Wang darin aufzulösen, als er einen Tusch vernahm und den Auftakt der Musik, die alle Anwesenden gleichzeitig den Blick in Richtung Tor richten ließ. Da kam er, der Präsident und Vorsitzende und Parteisekretär, und er lächelte nicht. Da kam er, umringt von Leibwächtern, und Wang fragte sich, warum. Warum dieses ganze Spektakel? Warum all diese Lügen? Warum all diese Inszenierungen? Warum lebte er in einem Land, das von einem Parteisekretär regiert wurde, wenn auch nicht von ihm allein? Warum machte sich dieser Mann zu einem Unnahbaren? Warum hatten diese Herren Funktionäre solche Angst vor dem Volk? Da wusste Wang, an den Parteisekretär gab es nur eine

Frage. Nur ein Wort. Gleichzeitig wurde Wang aber auch klar, dass er den Parteisekretär nichts fragen konnte, weil der Parteisekretär nie befragt wurde, sondern nur ab und zu seine Reden hielt. Er war wie die Königin von England oder der Papst, wobei sogar der Papst schon ein Interview gegeben hatte, nur sein Parteisekretär und Präsident noch nie.

Wang hatte sich damit abgefunden, dass er sein Warum für immer für sich behalten würde, als die Abordnung ausgerechnet neben ihm haltmachte. Der Parteisekretär höchstpersönlich hatte sie gestoppt und stand nun direkt vor ihm. Genosse Wang blickte in ein Paar Augen und erkannte um sie die Fältchen, die sich nur bilden, wenn der Träger der Augen lächelt. »Genosse Wang, lassen Sie mich Ihnen danken«, sprach der Mann, der vor ihm stand und der Präsident, Parteisekretär und oberster Führer des Landes war. »Genosse Parteisekretär«, antwortete Wang, dessen Ichs nun zu einer Einheit verschmolzen waren und sich leicht verbeugten, »erlauben Sie mir zu fragen, warum?« Der Präsident lächelte nun richtig: »Vielleicht begreifen Sie es nicht, Wang, aber Sie haben einen ganz großen Beitrag für unser Land geleistet. Manchmal wird einem die Bedeutung seines Tuns erst im Nachhinein klar.« »Warum?«, fragte Wang noch einmal und sah dabei all die Warums, die er sich gerade gestellt hatte, vor sich, als der Parteisekretär antwortete: »Ich erwarte Sie zum Nationalfeiertag in der großen Halle des Volkes«. »Warum, Genosse Parteisekretär?«, fragte Wang den nun schon im Weggehen begriffenen Parteisekretär noch einmal, diesmal mit einem leichten Anklang von verzweifeltem Nachdruck, als sich der Oberste Führer noch einmal mit einem milden Lächeln ihm zuwandte und auf die Distanz, in der er gerade noch imstande war, seine Fingerspitzen auf Wangs Schulter zu legen, fast verschwörerisch flüsterte: »Weil ich dir das große Verdienstzeichen der Volksrepublik überreichen werde, Genosse. Und ich freue mich darauf.« In diesem Augenblick erkannte Wang, was auf dem alten Schild am Übergang zwischen Rot und Gelb und nach dem Rost geschrieben stand: »Achtung, rutschig«, stand dort, und Wang wankte leicht, fasste sich aber wieder und erhob sich in Gedanken an die Decke dieser Halle, über der er nun zu schweben schien. Er sah den Parteisekretär, dem nun von den beiden schönen Mädchen in den adretten Kleidchen der Weg zur Förderanlage Nummer 8 gewiesen wurde, wie eine Puppe von oben. Wang war in einem Puppenhaus und sah sich das Spiel, das hier gespielt wurde, interessiert an. Es war nicht sein Spiel. Er wusste nicht, wessen Spiel es war oder was das seine sein konnte, aber er erkannte nun, dass das vielleicht nicht die entscheidende Frage war. Und das nahm ihm etwas von seiner Angst. Wang blieb noch weitere Stunden Zuseher dieses Theaters, und sein vorgeschobenes Ich schützte sein echtes und auch das mutige Ich, indem es perfekte Sätze von sich gab und sich freundlich von der lokalen Abordnung verabschiedete, die ihn wieder zur Bahn brachte. Wang schnupperte sogar absichtlich am Kunstpelzbesatz des blauen Steppmantels, aus dem sich ihm eine Hand zum Abschied entgegenstreckte, und er fand nun, dass es nicht immer Jasmin sein müsse und die Genossin schon stimmig war, so wie sie war. Eigentlich war sie sogar hübsch, und da ihr Lächeln zum Abschied auch viel Erleichterung über den erfolgreich absolvierten großen Besuch enthielt, wirkte sie zum ersten Mal sogar umwerfend freundlich, fast so wie eine Frau, die man nun herzen und halten wollte. Wang ging sofort in den Speisewagen und trank dort sofort ein Bier. Er rauchte auch eine Zigarette. Und nach der dritten Erdnuss wurde ihm klar, dass es auf dieser Welt nur noch einen Menschen gab, der ihm helfen konnte.

Die Siedlung, in der Wang aufgewachsen war, hatte sich kaum verändert. Das war erstaunlich angesichts der Tatsache, dass rings umher schon so gut wie alles von Betonlawinen verschüttet worden war. Aber die Innere Gasse Nummer 3 war noch wie damals. Wang war in einem damals unfassbar modernen Neubau aufgewachsen, in einem roten Wohnblock, der in den frühen Achtzigerjahren gebaut worden war. Die kleine Wohnung hatte sogar ein Bad, und der kleine Wang hatte sogar sein eigenes Zimmer gehabt. Dafür hatten seine Eltern auf ein eigenes Wohnzimmer verzichtet, denn man musste auch nicht unbedingt in ein Doppelbett und ein großes Sofa investieren, wenn man beides in einem haben konnte. Das kleine Zimmer, in das ein Doppelbett ohnehin nur mit Mühe gepasst hätte, wurde also zum Kinderzimmer. Wie an die Wand geklebt schlief Wang dort in einem schmalen Eisenbett mit harter Matratze. Vor dem kleinen Fenster stand sein kleiner Schreibtisch, auf dem er täglich stundenlang studierte. Der kleine Wang hatte alles verschlungen, was man ihm zu lesen oder lernen gab, nie hatte man ihn dazu auffordern müssen. Und so war völlig klar, dass man von ihm nur die besten Noten erwarten konnte und dass sein Weg durch die Universität und die Parteiakademie hin zu einer wichtigen Position im Staatsdienst vorgezeichnet war. In Anbetracht dessen war seine Karriere in den Augen seiner Eltern sogar nur mittelmäßig, sie wünschten sich einen Sohn, der in einem Ministerium arbeitete, mit bestem Zugang zu besseren Wohnungen und Freikarten für Konzerte, so aber hatte Wang eigentlich versagt, weil er nur ein kleiner Schreiberling geworden war und seine mittlerweile bereits verwitwete Mutter dazu gezwungen, in diesem Wohnblock zu bleiben, den sie hasste.

Wang versuchte sich daran zu erinnern, wie genau diese Gasse in seiner Kindheit ausgesehen hatte. Den Baum, unter dem seine Mutter mit den anderen Frauen die Wäsche gewaschen hatte, hatte man längst abgeholzt, ganz so, als wäre er mit der Anschaffung von Waschmaschinen überflüssig geworden. An der Stelle des Baumes stand nun die Einfahrt zur Tiefgarage des angrenzenden Einkaufszentrums *Happy Village*, und über die Jahre waren die Baukräne dieser letzten vierstöckigen Wohnanlage aus roten Ziegeln bedrohlich nahe gekommen. Womöglich ersehnte nicht nur Wangs Mutter den Abriss und die Zuteilung einer neuen Bleibe, die sie sich mit der Entschädigung jenseits des sechsten Ringes, der äußersten Ringstraße der Metropole, vielleicht leisten konnte, vielleicht ging es hier allen so. Wangs Mutter wollte hier nie sein, und es gab keinen Anlass zu glauben, dass sich das jemals ändern würde. Diese Wohnungen waren dem Fortschritt nämlich nie gewachsen gewesen. Kühlschränke standen im Eingangsbereich, weil die Küchen viel zu klein waren, und das Aufstellen einer Waschmaschine hatte es in Wangs Elternhaus unmöglich gemacht, die Badezimmertür zu schließen. Seit er im Alter von 32 ausgezogen war, hatte seine Mutter zumindest ihr eigenes Schlafzimmer, und aus Freude darüber hatte sie nicht etwa sich selbst eine neue Bettdecke gekauft, sondern ihm. Nun hatte sie sich den ultimativen neuen Plasmaflachbildschirmfernseher gegönnt, wie Wang schon beim Betreten der Wohnung feststellen konnte. Aus den Stereolautsprechern schallten die dumpfen Wortwechsel der Nachmittags-Soap des Kanals 3, wobei das Häkeldeckchen, das Wangs Mutter vom Röhrenfernseher auf das neue Plasmagerät hinübergerettet hatte, der Hauptdarstellerin leider das hübsche Gesicht verdeckte. Aber Wangs Mutter musste nicht hinsehen, um zu hören, dass die Hauptdarstellerin ob der Untreue ihres Verlobten lautstark drauf und dran war, ihn zu verlassen und ihr Glück bei dem Ausländer zu suchen, der ihr seit einiger Zeit den Hof machte. Wangs Mutter musste auch nicht hinsehen, um zu wissen, dass der Ausländer die Hauptdarstellerin auch nach 100 weiteren Folgen nicht wirklich bekommen würde, denn in den Soaps von Kanal 3 bis Kanal 333 bekam der Ausländer die Chinesin nie. Und weil das alles offensichtlich war und als bekannt vorausgesetzt werden konnte, saß Wangs Mutter nicht auf dem Sofa im Wohnzimmer, sondern putzte seelenruhig an der großen Spüle in der Küche das Gemüse für das Abendessen. Der

Nudelteig war schon fertig ausgerollt, auf dem Herd wallte schon das Wasser, und wenn Wang noch eine weitere Minute reglos und unbemerkt hier stehen würde, würde er sicher mitansehen können, wie sie mit genau den Handgriffen, die er von ihr seit jeher kannte, Öl in die Pfanne gießen, während es erhitzte, die Nudeln in das kochende Wasser werfen und danach das soeben geputzte Gemüse scharf anbraten würde. Aber diese Chance, zumindest einmal an diesem Tag bei zumindest einer Kleinigkeit Recht zu behalten und sich in die schützende Vertrautheit des Bekannten flüchten zu können, bekam er nicht. Denn ausgerechnet als sie drauf und dran war, das Öl in die Pfanne zu gießen, entdeckte sie ihn in der Tür. »Meine Güte, Sohn, wie du mich jetzt gerade erschreckt hast! Warum schleichst du dich denn hier an wie ein Dieb? Warum rufst du denn nicht vorher an? Meine Güte, lass dich ansehen! … Was blickst du denn so traurig drein? Bekommt deine Mutter keinen Kuss? …« Wang schaffte es nicht, seine Arme zu heben, aber er ließ zu, dass ihn seine Mutter an sich drückte und umarmte sie dann doch, als müsse er dafür seine letzte Kraft aufbieten. Er wollte mit seinem Kopf an ihrer Schulter bleiben, so wie damals, als er ein Kind gewesen war, aber das konnte er nicht. Sie nahm seinen Kopf zwischen ihre Hände und sah mit ihrem durchdringenden Blick geradewegs durch den Schleier hindurch. Nur seine Mutter konnte das. »Was ist mit dir? Hast du etwa etwas ausgefressen? Haben sie dich gefeuert? Bist du krank? Hast du die Wohnung verloren? Oder wieder eine Frau, von der du dich wieder scheiden lassen wirst?«

»Nein, Mutter, nichts dergleichen.« »Na dann, also hättest du jetzt vielleicht die Güte, mir zu sagen, warum du gekommen bist?« »Ich wollte nur nach dir sehen, Mutter. Nichts weiter.« »Nichts weiter? Das glaube ich dir nicht. Du warst immer schon ein grottenschlechter Lügner, also versuch es erst gar nicht mit mir. Ich bin deine Mutter, vergiss das nicht … Wie siehst du überhaupt aus? Warum trägst du keinen Anzug? Warst du etwa so im Büro?« »Ich war im Bergwerk mit dem Parteisekretär, Mutter.« »Ach du meine Güte! Da brennt mit glatt das Öl an! Komm, hilf mir und wirf die Nudeln ins Wasser.« »Und deshalb brauche ich deinen Rat, Mutter.« »Weil du im Bergwerk warst? Was soll ich dir dazu raten? Du bist doch wieder rausgekommen, wo ist das Problem? Oder hast du etwa den Parteisekretär beleidigt?« »Nein, er will mich auszeichnen.« Nun fiel Wangs Mutter das säuberlich geschnittene Gemüse zu Boden, bis auf ein Stück Gurke, das doch zufällig im viel zu heißen Öl landete und dieses Öl so spritzen ließ, dass sich Wangs Mutter daran verbrannte und eigentlich fluchen wollte, aber sie war noch immer viel zu sprachlos und zog es vor, erst die Pfanne vom Feuer zu nehmen. »Der Parteisekretär will dich auszeichnen? Wozu brauchst du denn dafür einen Rat! Kauf dir einen Anzug und geh hin! Und so deiner alten Mutter noch ein Wunsch erlaubt ist, so kann sie vielleicht mit einem solch ausgezeichneten Sohn auf eine bessere Wohnung hoffen.« Wangs Mutter zwickte trotz der Überhitzung der Pfanne ihren Sohn in die Wange und lächelte stolz. »Darüber habe ich mit ihm nicht gesprochen, Mutter, und das ist auch nicht, warum ich hier bin. Ich bin hier, weil ich nichts verstehe.« »Mein lieber Sohn, du weißt: Du bist mein Einziger, aber das ändert leider nichts daran, dass du ein Idiot bist. Wenn es nach deinem Unverständnis ginge, hättest du hier nie ausziehen dürfen, denn soweit ich mich erinnern kann, hast du noch nie etwas verstanden, außerdem, was ist an einer Auszeichnung nicht zu verstehen?« »Ich verstehe nicht, warum ich sie bekomme, Mutter.« »Das verstehe ich zwar auch nicht, aber vielleicht liegt es daran, dass im neuen Neuen China ein Mangel an wahren Helden herrscht, aber das ist mir völlig egal, ich bin jedenfalls stolz auf dich und mir soll jede Auszeichnung für dich recht sein, solange sie mir zu einer neuen Wohnung verhilft.« »Mutter, ich verstehe nicht, was in der letzten Zeit mit mir geschehen ist. Alles, was ich tue, bewirkt das Gegenteil. Und ich weiß auch nicht, mit wem ich darüber sprechen sollte.« »Sohn, hör mir zu, mir ist wirklich gleichgültig, was du tun wolltest, solange das Gegenteil eine Auszeichnung für dich und eine Wohnung für mich bedeutet. Wenn das so ist, dann sage ich dir, tu weiter das, was das Gegenteil bewirkt.« Wangs Mutter rührte fröhlich die Nudeln um. »Aber Mutter, ich weiß nicht, wer ich bin. Wie kann ich wissen, wer ich bin und was ich tue, wenn ich über die Folgen meines Tuns keinerlei Kontrolle mehr habe, ja, wenn ich nicht einmal mehr absehen kann, was die möglichen Folgen meines Tuns sein könnten? Was immer ich mache, ich mache es falsch. Warum ist das so?« »Pass auf, mein Sohn, es ist 18.00 Uhr und ich habe Hunger. Genau das ist, was du wissen musst. Dreimal am Tag muss der Mensch essen.

Dazwischen muss er irgendwo arbeiten, um sich das Essen leisten zu können. Nach der Arbeit muss er irgendwo wohnen. Um sich das leisten zu können, benötigt er ebenfalls die Arbeit. Sehr gut wäre auch, wenn man dabei nicht allein wäre. Was dir fehlt, ist eine Frau. Du denkst einfach viel zu viel nach, weil du keine Frau hast. Wenn du eine hättest, würdest du verstehen, dass das Leben nicht aus Denken besteht, sondern aus Tun, mein Sohn. Zwischen dem Essen, der Arbeit und dem Wohnen kann der Mensch dann tun und lassen, was er will, solange es der öffentlichen und staatlichen Ordnung nicht zuwiderläuft. Und je weniger er denkt, desto besser für ihn selbst und die staatliche Ordnung. Was ist denn daran so schwer zu verstehen?« Wangs Mutter fragte ihren Sohn dann noch, ob er jetzt mit ihr angebrannte Gurken mit Nudeln essen wolle, aber da stand Wang schon auf der Schwelle und konnte aus einem Augenwinkel noch beobachten, wie die Hauptdarstellerin der Soap zwischen zwei doppelten Stäbchen der Häkeldecke bitterliche Tränen über ihren untreuen Verlobten vergoss. Und in einem Winkel seines Gehirns wurde ihm klar, was er schon vorher geahnt hatte: dass er auch von seiner Mutter keine Hilfe zu erwarten hatte oder Verständnis und schon gar nicht eine Antwort. Er war ein Versager. Er würde sicher auch über dieser Enttäuschung verrückt werden müssen, falls sich die Trauer darüber, in den Augen seiner Mutter ein Versager zu sein, wieder legen würde. Solange er so traurig darüber war, konnte er nicht gleichzeitig verrückt werden, zumindest das war ein Trost. »Entmutterung«, flüsterte Wang sich selbst zu, »oder Entsohnung«, während er die Treppen hinunterstieg und ein weiteres Mal parallel zur Suche nach dem perfekten Wort, das die Gurkeninöldiskussion mit seiner Mutter beschreiben konnte, versuchte einzuordnen, was ihm heute widerfahren war. Hatte er denn nicht gefragt, was er hatte fragen wollen? Hatte er nicht nur einfach »Warum?« fragen wollen? Und hatte er es nicht getan, mehr als einmal? Wie konnte es sein, dass alle seine Bemühungen so enden? Wie lange hatte er mit sich gerungen, überhaupt eine Frage stellen zu können? War er nicht kläglich gescheitert und hatte mitangehört, wie ein automatischer Wang die automatische Frage gestellt hatte? War er dann nicht trotz aller Enttäuschung über diese Niederlage dennoch mutig genug gewesen, das Richtige zu fragen, endlich, und wieder war es so unendlich falsch gewesen, weil er genau das gefragt hatte, was die Propaganda haben wollte? Und dann? Dann hatte er, schlussendlich, alles, was es zu fragen galt, in ein Wort gepackt, das ultimative Wort, das eine Wort, und er hatte es an den Einen gerichtet, und nicht nur einmal, sondern mehrmals – und war nicht verstanden worden. Darüber, so dachte Wang, muss man wirklich verrückt werden. Darüber, so folgerte Wang, kann man nur verrückt werden. Man kann gar nicht anders, als verrückt zu werden. Keine Worte zu haben, konnte einen durchdrehen lassen, aber das eine gefunden zu haben, ebenso. »Ich werde verrückt. Ich bin verrückt. Ich kann gar nicht anders, als verrückt zu werden oder schon zu sein. Ich kenne nicht einmal mehr den Unterschied zwischen verrückt werden und verrückt sein. Das kann nur bedeuten, dass ich es schon bin.« »Verzeihung«, sagte Wang zum erstbesten Passanten, der ihm vor dem Wohnblock entgegenkam, »würden Sie sagen, dass ich verrückt bin?« »Zweifelsohne, Idiot«, raunte der Herr zurück, ohne Wang eines genauen Blickes zu würdigen. »Verzeihung, ich meine das ernst, beurteilen Sie bitte nicht nur die Verrücktheit der Frage, die ich Ihnen gerade gestellt habe, sehen Sie mich bitte an und sagen Sie mir, ob ich aussehe wie ein Verrückter, bitte …« Aber da war der ältere Herr schon kopfschüttelnd um die Ecke verschwunden und Wang hörte nur noch ein: »Also früher hätte es so etwas in diesem Land nicht gegeben, unglaublich.« Wang setzte sich auf eine Parkbank neben eine Frau, die gerade ein Kind in geschlitzten Hosen zum Urinieren bewegen wollte. »Verzeihung, sehe ich aus wie ein Verrückter?«, fragte Wang ohne Zögern in den mittlerweile eingesetzten kräftigen Harnstrahl des Zweijährigen hinein und erntete dafür einen müden Blick: »Also aussehen tust du nicht wie einer, aber fragen tust du, als wärst du einer. Du hast hier sicher irgendwo die versteckte Kamera aufgestellt, oder? Und jetzt verschwinde. Wir haben hier ein Geschäft zu erledigen.« Wang ging resigniert weiter und wagte nicht, das junge Mädchen, das sich gerade ein Eis kaufte, auch noch zu fragen oder den Mann, der gerade sein Fahrrad abstellte. Und die Fahrkartenverkäuferin im Bus, in den er danach einstieg, konnte er schon gar nicht fragen. Er würde diese Frage auch dem Studenten mit dem Laptop nicht stellen, und auch nicht der jungen Frau im roten Pullover mit dem grünen Buch in den Händen. Und auch die beleibteren beiden älteren Damen, aus deren Plastiksäcken auf der Rückbank Rohzwiebeln quollen, würde er sicher nicht fragen. Er würde in diesem Bus niemanden mehr fragen, und er fragte auch, nachdem er ausgestiegen war und nach Hause zurückging, niemanden mehr. Nicht den Schuster und nicht die Süßkartoffelverkäuferin, die ihn wie immer freundlich grüßte, während der Schuster ostentativ in die andere Richtung sah. Wang betrat seine Wohnung und wurde von plötzlicher Trauer ergriffen, als er die Bettdecke, die er am Morgen so sorgfältig zusammengelegt hatte, sah. Das also war seine Existenz. Diese Decke war das Abschiedsgeschenk seiner Mutter gewesen, das war ihm heute klar geworden. Wang ging ins Bad und sah nichts als weiße Seifenbarren. »Jämmerlich«, dachte Wang. Erstmals bekam er ein Gefühl dafür, wie es sein musste oder konnte, mit etwas zu werfen, und er sah auch, wonach er es werfen konnte. Aber er schaffte es wieder nicht. Er wollte all diese weißen Seifen mit einem Schwung aus dem Regal wischen, auf dem sie wie Opfergaben auf einem Altar gelagert waren. Und dann wollte er sie gezielt in Richtung Bett schießen, damit ihm leichter würde. Stattdessen holte er einen großen Müllsack und schlichtete sie säuberlich hinein. Die Decke gab er auch dazu. Er würde heute ohne Bettdecke schlafen. Und er würde sich morgen mit Geschirrspülmittel waschen, denn er hatte alles weggeworfen, was seine jämmerliche Existenz begrenzte: eine Bettdecke und 20 weiße Seifenbarren.

Wang roch nach Spülmittel der Marke »Silberfisch«, als er teilnahmslos in der Großen Halle des Volkes stand, aber erstens würde ihm niemand so nahe kommen, um das zu erkennen, und zweitens waren hier nur Männer anwesend, die sicher nie Geschirr spülten, also selbst wenn sie ihm zu nahe kämen, würden sie nicht bemerken, dass der Genosse, der heute vom Parteisekretär höchstpersönlich ausgezeichnet werden würde, Geschirrspülmittel zur Körperpflege verwendete. Zugegeben, es war nicht leicht gewesen, sich mit Spülmittel zu rasieren, denn in seinem überschwänglichen Hass auf alles Weißseifige hatte Wang gestern auch den Rasierschaum in den Müllsack befördert, und als er frierend aus seinem traumlosen Schlaf erwacht war, wollte er sich nicht eingestehen, dass die Decke und alle Seifen zu entfernen unsinnig gewesen war. Er wollte dazu stehen. Er lebte die Richtigkeit seiner Entscheidung mit allen daraus erwachsenden Konsequenzen aus – und daher hatte er »Silberfisch« auf seinem Gesicht und Körper aufgeschäumt. Er hatte auch seine einzige rote Seidenkrawatte um den Hals und fühlte sich dadurch wie ein Fisch an der Angel, der erkannt hatte, dass es sinnlos war zu zappeln. Man würde ihn an Land ziehen und er würde ersticken. Noch war er im Aquarium des Volkes, aber zu gelähmt, um zu schwimmen. Er stand auf, als der Parteisekretär den Raum betrat. Zu den Klängen der Hymne blickte er andächtig, soweit das mit einem Augenschleier eben möglich war. Zwischen seinen Augen und seinem Augenschleier hatte sich ein See aufgetan, in dem Silberfische schwammen, bis sie von einem Hai gefressen wurden. Darin ging danach die Sonne unter, und sie tauchte in ein tiefes, endloses Schwarz, in Anbetracht dessen sich Wang wunderte, noch etwas zu sehen. Wang verlor sich gebannt in dem Schwarz zwischen seinen Augen und dem Augenschleier, wie jemand, der sich endlich in eine Schlucht stürzen lässt, um damit die Angst, er könne in diese Schlucht fallen, zu überwinden. Dort verharrte er, als der Parteisekretär vor ihn trat. Der Parteisekretär lächelte ihn an, nur ihn, keinen anderen der Ausgezeichneten. Er zwinkerte ihm zu, als seien sie alte Verbündete. Und für einen Augenblick keimte in Wang die Hoffnung auf, dass der Parteisekretär womöglich auch ein Wissender war, ein Wissender um die Fragen, der ihn jetzt auszeichnete, weil auch er Sehnsucht nach Fragen hatte, die richtig, echt und wahr waren, und weil er genau wusste, dass es schön war, einen Mann, der das System eigentlich bekämpfen hatte wollen, zu ehren, weil er genau damit dem System am meisten gedient hatte. Vielleicht musste auch der Parteisekretär lügen, als er seine Laudatio hielt, oder vielleicht sprach auch durch ihn ein anderer Parteisekretär, den er nicht unter Kontrolle hatte. Womöglich hatte auch der Chef mit den Raubtieraugen, der dem ganzen Spektakel beiwohnen musste und dessen Job Wang heute noch haben würde, einmal den Wunsch nach der richtigen Frage verspürt und stünde heute an seiner Stelle, hätte er es nur gewagt, einmal zu versuchen sie zu stellen. Nur Genosse Li, der angewidert in der Ecke stand, hatte das sicher nie versucht, dessen war sich Wang sicher.

War er nun verrückt geworden? Sicherlich war verrückt, dass ausgerechnet er hier stand. Aber war deshalb auch *er* verrückt? Er fühlte sich nicht anders, als er sich vor einem Monat gefühlt hatte, damals, als der Drang, endlich eine Frage zu stellen, übermächtig geworden war. Er fühlte sich immer noch verloren und fehl am Platz und unverstanden, aber wer konnte schon einen verstehen, der nicht einmal eine Frage stellen konnte ohne die Angst, über ihr verrückt zu werden? Er fragte sich immer noch, ob der in ihm tobende Wahnsinn weithin sichtbar war oder nicht, aber in dieser Situation und an diesem Tag war das von weniger Belang als vor einem Monat. Denn wenn er ein Wahnsinniger war, dann hatte er es als Wahnsinniger in die Große Halle des Volkes und zur größten Ehre des Volkes gebracht. Im Abgang klopfte ihm der Parteisekretär noch einmal auf die Schulter und zwinkerte ihm zu, wie einer, der irgendetwas weiß, das Wang niemals ergründen würde und wonach er niemals zu fragen wagen würde. Und weil er danach nicht fragen konnte, konnte es nichts mehr zu fragen geben in dieser, Wangs, Welt. Er würde jetzt ins Büro zurückgehen, den Augenschleier ablegen und die Ayis im Befehlston auffordern, seine Sachen noch einmal zu übersiedeln. Davor musste er noch mit dem dritten Untersekretär des Parteisekretariates die prekäre Wohnungslage seiner Mutter klären, aber für einen Mann von seiner Position dürfte das kein Problem sein.

Wang sollte glücklich sein, aber er war es nicht. Er ging langsam ins Büro zurück, denn nun wollte ihm beim besten Willen nicht einfallen, wonach er noch streben sollte oder was er erreichen wollte. Deshalb setzte er sich auf die einsame Parkbank vor dem Büro und wartete. Er wusste nicht, worauf, aber Wang war danach, zu warten.

Während er wartete, den Blick, wie meist, gesenkt, sah er einen Kaugummi vor sich auf dem Boden kleben, und er konnte nicht anders als »Ich liebe dich« zu sagen. »Was haben Sie gerade gesagt, Genosse?«, hörte er hinter sich eine vertraute Stimme. »Schon sonderbar, nicht wahr, Genosse Wang, dass immer dort, wo man sich gerade hinsetzen will, ein Kaugummi zu kleben scheint, und man kann einfach nicht anders, als ihn anzusehen. Mir geht es auch immer so.« Es war Zhang, die gerade das Mittagessen geholt hatte. Verschreckt drehte er sich um und fühlte sich freudig ertappt. »Ach, setzen Sie sich doch«, sagte etwas in Wang, das nicht Wang war, aber ein anderer Wang war als jener, der automatisch sozialistische Koreferate bei Pressekonferenzen hielt, und es war auch nicht sofort zu ergründen, ob es der mutige Wang war, der dem Regierungschef die Frage stellt. Es schien jedenfalls ein guter Wang zu sein, der das gerade gesagt hatte. Genossin Zhang hatte die Aufforderung gar nicht abgewartet, um sich neben ihn zu setzen. Wang ertappte sich dabei, wie er näher zu ihr rückte, nur andeutungsweise, was sie als Aufforderung verstand, näher an ihn zu rücken. So saß sie neben ihm, den Blick nach vorne gerichtet, denn dort vorne hing ein Schild an einem Baum, das sie entziffern wollte, während er weiter nach unten sah, auf den dort klebenden Kaugummi. Wang war wieder ganz drauf und dran, in diesem Detail zu versinken, denn er wusste, diese Situation war irgendwie bedeutend, und deshalb verwandte er seine ganze Kraft darauf, sich zu Detailschweigen zu zwingen. Also schwieg er, auch wenn er genau wusste, dass er nun etwas sagen sollte.

»Komisch, Genosse Wang«, unterbrach Zhang plötzlich das betretene Schweigen, »aber der Duft, den sie heute tragen, das klingt jetzt sicher völlig verrückt, aber er erinnert mich an ein Spülmittel, das meine Mutter früher verwendet hat. Wie hieß es schon schnell? Irgendetwas mit Silber...« »...fisch«, sagte Wang, »Silberfisch.« »Ja genau, Silberfisch, dieser Duft und der Duft der Seife Lotosblüte begleiten mich seit meiner Kindheit. Lotosblüte verwende ich übrigens bis heute, auch wenn sie nur noch schwer zu bekommen ist, nur noch in wenigen Läden der Pekingmarkt-Kette.« »Lotosblüte?« hob Wang langsam und staunend seinen Blick. Mit einem Mal wich der Schleier von seinen Augen. »Diese Seife heißt also Lotosblüte?« »Ja, warum? Es ist eine Seife wie viele, aber ich finde ihren Duft einfach wunderbar, ich muss dabei immer an das Frühlingsfest denken, an das von früher, als ich noch ein Kind war, wissen Sie?« »Jaja, an das Frühlingsfest der Kindheit«, sagte Wang und stellte fest, dass er Zhang plötzlich und ganz ohne Schleier fest in die Augen sah. »Ist etwas, Genosse Wang?«, fragte sie und er sah ihre Augen zum ersten Mal genau genug, um zu erkennen, wie sie in all dem Braun glitzerten. Wang wünschte sich, seine Augen könnten jetzt auch so glitzern wie die Augen der Genossin Zhang, aber da lag schon seine Hand auf der ihren und es war geschehen, ohne dass er vorher darüber nachgedacht hatte, ob er nun wohl imstande wäre, seine Hand zu heben, um sie auf die ihre zu legen. »Genossin Zhang«, sagte ein Wang in ihm, der sich wie ein echter Wang anfühlte, und zudem einer, der jetzt den Kaugummi ganz vergessen hatte, »Sie finden das jetzt sicher völlig verrückt, und vielleicht bin ich das womöglich ja wirklich auch ganz und gar, zumindest glaube ich seit Langem, dass ich es bin oder, so ich es noch nicht bin, bald sein werde, vielleicht haben Sie das ohnehin schon bemerkt, und ich muss Ihnen gar nicht erst erklären, wie verrückt ich bin oder werde oder zumindest voller Angst, verrückt zu sein oder zu werden, aber ich muss Ihnen jetzt eine ganz verrückte Frage stellen, die das vielleicht belegt oder auch widerlegt, ich weiß ja nie so genau, was mein Sprechen bewirkt und ob man mich überhaupt versteht, also vielleicht ist ja die Frage gar nicht so verrückt, sondern nur ich, oder die Frage ist verrückt und ich nicht, oder vielleicht ist es auch völlig egal, was oder wer hier verrückt ist oder nicht, denn ich muss jetzt wirklich etwas sagen. Also sei's drum: Würden Sie heute mit mir Abendessen gehen, Genossin Zhang? Ich meine, heute oder irgendwann, jetzt oder bald, aber jedenfalls und am besten immer wieder, weil ich mir das nämlich wirklich wünsche, glaube ich. Würden Sie mit mir ausgehen?« Genossin Zhang konnte nicht anders, als lauthals draufloszulachen, aber ihre Augen glitzerten und ihre Hand drückte die Hand, die sie hielt. Dann senkte sie den Blick leicht, nur um Wang sofort wieder anzusehen und sich für einige Zeit, die weder Wang noch Zhang bemessen wollten oder zu bemessen imstande waren, nicht von seinen schleierfreien Augen zu lösen. Der Genosse hielt ihrem Blick glücklich stand. Und mit einem Mal schien ihm, als hätte er am Ende doch noch die richtige Frage gestellt.